COMO FICAR PODRE DE RICO
NA ÁSIA EMERGENTE

A marca FSC® é a garantia de que a madeira utilizada na fabricação do papel deste livro provém de florestas que foram gerenciadas de maneira ambientalmente correta, socialmente justa e economicamente viável, além de outras fontes de origem controlada.

MOHSIN HAMID

Como ficar podre de rico na Ásia emergente

Tradução
Sonia Moreira

Copyright © 2013 by Mohsin Hamid
Direitos mundiais reservados ao proprietário.

*Grafia atualizada segundo o Acordo Ortográfico da Língua
Portuguesa de 1990, que entrou em vigor no Brasil em 2009.*

Título original
How to Get Filthy Rich in Rising Asia

Capa
Aashim Raj
Reproduzida com a permissão da Penguin Books India

Preparação
Julia Bussius

Revisão
Luciana Baraldi
Valquíria Della Pozza

Dados Internacionais de Catalogação na Publicação (CIP)
(Câmara Brasileira do Livro, SP, Brasil)

Hamid, Mohsin
    Como ficar podre de rico na Ásia emergente ; Mohsin Hamid ;
tradução Sonia Moreira. — 1ª ed. — São Paulo : Companhia das
Letras, 2014.

    Título original: How to Get Filthy in Rising Asia.
    ISBN 978-85-359-2465-7

    1. Ficção paquistanesa (Inglês) I. Título.

14-05162   CDD-823

Índice para catálogo sistemático:
1. Ficção : Literatura paquistanesa em inglês 823

[2014]
Todos os direitos desta edição reservados à
EDITORA SCHWARCZ S.A.
Rua Bandeira Paulista, 702, cj. 32
04532-002 — São Paulo — SP
Telefone: (11) 3707-3500
Fax: (11) 3707-3501
www.companhiadasletras.com.br
www.blogdacompanhia.com.br

Para Zahra

1. Mude-se para a cidade grande

Olha, um livro de autoajuda é um oximoro, a menos que você seja o autor dele. Você lê um livro de autoajuda para que alguém que não é você lhe ajude, sendo esse alguém o autor. Isso vale para o gênero autoajuda como um todo. Vale, por exemplo, para livros da linha "como fazer". E vale também para livros de desenvolvimento pessoal. Alguns poderiam dizer que vale até para livros de religião, embora outros possam declarar que os que dizem isso deveriam ser atirados no chão, imobilizados e ensanguentados até a última gota com o lento deslizar de uma lâmina de um lado para o outro de suas goelas. Então, é mais sensato simplesmente registrar que há uma divergência de opiniões quanto a essa subcategoria e passar para a próxima o mais rápido possível.

Nada do que foi dito acima significa que livros de autoajuda sejam inúteis. Ao contrário, eles podem ser muito úteis. Mas significa que o conceito de "auto" na terra da autoajuda é instável, escorregadio. E escorregadio pode ser bom. Escorregadio pode ser prazeroso. Escorregadio pode oferecer acesso ao que arderia se fosse penetrado a seco.

Este livro é um livro de autoajuda. O objetivo dele, como diz a capa, é lhe ensinar como ficar podre de rico na Ásia emergente. Para isso, ele precisa encontrar você encolhido e trêmulo, no chão de terra batida debaixo da cama da sua mãe, numa manhã fria e úmida. A sua angústia é a angústia de um menino cujo chocolate foi jogado no lixo, cujos controles remotos estão sem bateria, cuja patinete está quebrada, cujos tênis novos foram roubados. E isso tudo é ainda mais espantoso porque você nunca na vida viu nenhuma dessas coisas.

O branco dos seus olhos é amarelo, em virtude do nível altíssimo de bilirrubina no seu sangue. A doença de que você padece chama-se hepatite E. A forma típica de transmissão do vírus que causa essa doença é por via fecal-oral. Hum, que delícia. Ela só mata uma a cada cinquenta pessoas, mais ou menos, então é provável que você fique bom. Neste exato momento, no entanto, você tem a nítida sensação de que vai morrer.

Sua mãe já viu muita gente no estado em que você se encontra ou, pelo menos, em estado parecido. Assim, talvez ela não pense que você vai morrer. Ou talvez pense. Pode ser que ela tema isso. Todo mundo morre um dia, e quando uma mãe como a sua vê num terceiro filho como você a dor que o faz choramingar debaixo da cama dela como você está choramingando agora, talvez ela sinta sua morte avançar algumas décadas, tirar o pano escuro e empoeirado que lhe cobre a cabeça e se instalar com intimidade, com os cabelos soltos e um sorriso lascivo, na casa de um único cômodo e de paredes de barro que a sua mãe divide com os filhos sobreviventes.

O que ela diz é: "Não nos deixe aqui".

O seu pai já ouviu esse pedido dela outras vezes, mas nem por isso se tornou completamente insensível à reivindicação. Ele é um homem de apetite sexual voraz e, quando está fora de casa, pensa com frequência nos seios fartos e nas coxas grossas e rijas da sua mãe e ainda anseia por se enfiar dentro dela toda noite, em vez de só em três ou quatro visitas por ano. Ele gosta do senso de humor atipicamente grosso da mulher e, às vezes, da companhia dela também. E, embora não seja dado a demonstrar afeto pelos filhos, ele gostaria de poder ver você e os seus irmãos crescerem. O pai dele extraía um prazer considerável do progresso diário das plantações nos campos e, nisso, pelo menos até onde o desenvolvimento das plantas é análogo ao das crianças, os dois homens se parecem.

Ele responde: "Eu não tenho dinheiro pra levar vocês pra cidade".

"A gente podia ficar no alojamento dos empregados com você."

"Eu divido o meu quarto com o motorista. Ele é um filho da puta de um punheteiro peidorrento, que fuma que nem chaminé. Nenhuma família mora no alojamento dos empregados."

"Você agora está ganhando dez mil. Você não é mais um homem pobre."

"Na cidade, quem ganha dez mil é pobre."

Ele se levanta e sai andando. Você o acompanha com os olhos e vê as sandálias dele de couro desatadas atrás, as tiras balançando livremente, os calcanhares calejados, duros, cascudos como crustáceos. Ele passa pelo vão da porta e vai para o pátio aberto que fica no meio do conjunto de moradias de sua família extensa. É pouco provável que ele se demore ali, contemplando a árvore solitária que dá sombra e conforta no verão, mas agora, na primavera, ainda está dura e desgrenhada. É possível que ele saia do conjunto e tome o rumo do outeiro atrás do qual prefere defecar, se agachando bem e fazendo força para expelir o bolo intestinal. É possível que ele esteja sozinho, ou não.

Ao lado do outeiro há uma vala avantajada, de profundidade equivalente à altura de um homem, no fundo da qual corre um regato magro. Naquela estação, os dois estão desproporcionais, como um prisioneiro esquelético de um campo de concentração vestindo a roupa de um confeiteiro obeso. Só brevemente, durante a monção, é que a vala chega perto de se encher e, mesmo assim, isso tem acontecido com menos regularidade do que no passado, por depender de correntes atmosféricas cada vez mais instáveis.

As pessoas da sua aldeia se aliviam num ponto do regato abaixo do lugar em que elas lavam as roupas, o qual, por sua vez, fica abaixo daquele onde elas bebem água. Mais acima, a aldeia que vem antes da sua faz a mesma coisa. Subindo mais um pouco, até onde a água emerge das colinas como um riacho às vezes borbotoante, parte do manancial é empregada nos processos industriais de uma fábrica de tecidos velha, enferrujada e vagabunda, e outra parte é utilizada para escoar o eflúvio cinza e fedorento que resulta desses processos.

Seu pai é cozinheiro, mas apesar de ser um profissional razoável e de vir do campo, ele não é uma pessoa obcecada com o frescor nem com a qualidade dos ingredientes que usa. Para ele, cozinhar é uma arte que se faz com temperos e óleo. A comida dele arde na língua e entope as artérias. Quando olha seu entorno, ele não vê folhas crocantes e frutinhas peludas para fazer uma salada exuberante, nem talos bronzeados de trigo para moer na pedra e fazer um balão divino de pão chato assado na chapa. Ele vê, em vez disso, unidades de labuta extenuantes. Vê horas, dias, semanas, anos. Vê o trabalho por meio do qual um lavrador troca a sua parcela de tempo neste mundo por uma parcela de tempo neste mundo. Ali, no estonteante buquê da despensa da natureza, seu pai sente o cheiro da mortalidade.

A maioria dos homens da aldeia que agora trabalha na cidade volta para a colheita do trigo, mas ainda não é época para isso. Seu pai está ali de licença. Mesmo assim, é provável que ele passe a manhã com os irmãos, cortando capim para servir de forragem. Vai se agachar de novo, mas desta vez com uma foice na mão, e vai repetir os movimentos de juntar-cortar-soltar-avançar vezes a fio, enquanto o sol também repete o seu próprio avanço gradual no céu.

Ali perto, uma única estrada de terra atravessa os campos. Se o dono daquelas terras ou os filhos dele passarem por aquela estrada em seus utilitários esportivos, o seu pai e os irmãos irão levar as mãos à testa, curvar-se bem e desviar os olhos. Naquela região, olhar fixo a um proprietário de terras vem sendo um negócio arriscado há séculos, talvez desde o início dos tempos. Recentemente alguns homens começaram a fazer isso, mas eles são barbudos e ganham a vida nos seminários religiosos. Andam com a postura ereta e de peito estufado. Seu pai não é um deles. Na verdade, ele os detesta quase tanto quanto detesta os proprietários de terra e pelas mesmas razões. Eles lhe parecem prepotentes e preguiçosos.

Deitado de lado com uma orelha apoiada na terra batida, você vê, da sua perspectiva de minhoca em pé, sua mãe ir para o pátio atrás de seu pai. Ela dá de comer à búfala amarrada ali, atirando dentro de uma gamela de madeira um punhado do capim cortado na véspera e misturado com palha. Depois, ordenha o animal enquanto ele come, fazendo jatos de leite baterem com força no fundo do balde de lata. Quando ela termina a ordenha, as crianças do conjunto, seus irmãos e primos, levam a búfala, o filhote da búfala e as cabras para o pasto lá fora. Você ouve o assobio das varas que eles agitam e pouco depois eles somem.

Suas tias são as próximas a sair do conjunto, equilibrando vasilhas de barro na cabeça para encher de água e levando roupas e sabão para lavar. Isso são tarefas sociais. O trabalho de sua mãe é solitário. Ela sozinha, as outras juntas. Não é por acaso. Ela se agacha como o seu pai, provavelmente está se agachando, com uma vassourinha sem cabo na mão em vez de uma foice, seus movimentos de varrer-varrer-avançar reproduzindo os dele. Trabalhar agachado poupa energia, é melhor para a coluna e, portanto, ergonômico, e não é doloroso. Mas quando se fica assim durante horas, dias, semanas, anos, o leve desconforto que isso causa ecoa no cérebro como gritos sufocados vindos de uma câmara de tortura subterrânea. Pode ser suportado eternamente, desde que nunca seja admitido.

Sua mãe limpa o pátio sob o olhar atento da sogra. A velha está sentada na sombra, segurando a ponta do xale na boca para esconder não seus atributos físicos tentadores, mas sim a ausência de dentes, e observa a nora com um ar de desaprovação implacável. Sua mãe é considerada vaidosa, arrogante e turrona pelos moradores do conjunto, e essas acusações incomodam, pois são todas verdadeiras. Sua avó diz para a nora que ela esqueceu de limpar um canto. Como é desdentada e está segurando o pano entre os lábios, a velha parece cuspir enquanto fala.

Sua mãe e sua avó disputam um jogo de esperar. A mulher mais velha está esperando que a mais nova envelheça, enquanto a mais nova espera que a mais velha morra. É um jogo que ambas irão inevitavelmente ganhar. Enquanto isso não acontece, sua avó ostenta a autoridade dela quando pode, e sua mãe ostenta a força física de que dispõe. As outras mulheres do conjunto teriam medo de sua mãe, não fosse a existência tranquilizadora dos homens. Numa sociedade só de mulheres, sua mãe provavelmente galgaria à posição de rainha, com um cetro ensanguentado na mão e crânios esmagados debaixo dos pés. Ali, o máximo que ela conseguiu foi ser poupada, de modo geral, de provocações mais sérias. Mesmo isso, isolada como ela está de sua própria aldeia, não é de forma alguma uma vitória insignificante.

O que seu pai e sua mãe não dizem um para o outro é que, com dez mil por mês, ele poderia, com certo esforço, arcar com a despesa de levar sua mãe e vocês, crianças, para morar na cidade. Seria apertado, mas não impossível. Atualmente, ele consegue mandar a maior parte do salário que recebe para a aldeia, onde o dinheiro é dividido entre sua mãe e o resto do clã. Se ela e vocês, crianças, fossem morar com ele, o fluxo do dinheiro de seu pai para a aldeia se reduziria a um fio d'água, que só iria ganhar volume, como o curso de água na vala, nos dois meses festivos, quando talvez ele recebesse bonificações e, com alguma sorte, não tivesse dívidas para quitar.

Você vê sua mãe fatiar um nabo comprido e cozê-lo no fogo da lareira. O sol dissipou a umidade e, mesmo doente como está, você não sente mais frio. Mas se sente fraco, e a dor nas entranhas lhe dá a sensação de que um parasita está comendo você vivo por dentro. Então, você não impõe resistência quando sua mãe levanta sua cabeça da terra e lhe dá o elixir dela às colheradas. O preparado tem cheiro de arroto, dos gases que se formam na barriga de um homem, e lhe dá ânsia de vômito. Mas não sobrou nada dentro de sua barriga que possa ser vomitado, e você toma o elixir sem incidentes.

Enquanto você está deitado imóvel, um garotinho ictérico de aldeia, com um fio de suco de nabo escorrendo pelo canto da boca e formando uma pequena poça de lama no chão, ficar podre de rico deve parecer algo fora de seu alcance. Mas tenha fé. Você não é tão impotente quanto parece. Sua vez está chegando. Sim, este livro vai lhe oferecer uma outra opção.

O momento de decidir chega algumas horas depois. O sol se pôs e a sua mãe o levou para cima da cama, onde você jaz enrolado num lençol apesar de ser uma noite quente. Os homens voltaram dos campos e a família — todos menos você — comeu junta no pátio. Pelo vão da porta, você ouve o gorgolejo de um narguilé e vê o brilho das brasas no fornilho quando um de seus tios traga.

Seus pais estão de pé ao seu lado, olhando para baixo. Amanhã seu pai vai voltar para a cidade. Ele está pensando.

"Você vai ficar bem?", ele lhe pergunta.

É a primeira pergunta que ele lhe faz nessa visita, talvez a primeira frase que ele dirige diretamente a você em meses. Você está com dor e com medo. Então a resposta, por certo, é não.

No entanto, você diz: "Vou".

E toma as rédeas do seu próprio destino.

Seu pai entende o resmungo e faz que sim com a cabeça. Depois diz para sua mãe: "Ele é um menino forte, esse daí".

Ela diz: "Ele é muito forte".

Você jamais vai saber se é a sua resposta que faz seu pai mudar de ideia, mas naquela noite ele fala para sua mãe que decidiu que ela e vocês, crianças, vão para a cidade com ele.

Eles fecham o acordo com sexo. Na aldeia, a cópula só é um ato privado quando praticada nos campos. Dentro de casa, nenhum casal tem um quarto só para si. Seus pais dividem o deles com todos os filhos, os três que sobreviveram. Mas, como é um quarto escuro, pouco se vê. Além disso, sua mãe e seu pai permanecem quase inteiramente vestidos. Nunca na vida tiraram a roupa para copular.

Ajoelhando-se, seu pai desamarra o cordão da própria calça. Deitada de barriga para o chão, sua mãe levanta a pélvis e faz o mesmo. Em seguida, leva o braço para trás para estimular seu pai com a mão, um gesto firme e direto, não muito diferente do que ela fez naquela manhã ao ordenhar a búfala, mas encontra-o já pronto. Ela se ergue e fica de quatro. Ele entra nela, apoiando-se numa das mãos e apertando os seios dela com a outra, ora para acariciar, ora para se segurar enquanto empurra o corpo para a frente. Eles se esforçam para não fazer barulho, mas ruídos musculares, impactos carnais, respiração entrecortada e sucção hidráulica continuam audíveis mesmo assim. Você e seus irmãos dormem ou fingem dormir até os dois terminarem. Depois, eles se juntam a vocês na cama de sua mãe, exaustos, e em questão de segundos pegam no sono. Sua mãe ronca.

Um mês depois você está bem o suficiente para viajar com seu irmão e sua irmã no teto do ônibus superlotado que leva sua família e mais dezenas de outras, espremidas, para a cidade grande. Se o ônibus tombar ao fazer uma curva a toda na estrada, guinando para lá e para cá, numa competição louca com outros rivais igualmente apinhados para pegar o próximo grupo de possíveis passageiros e o próximo e o próximo, a probabilidade de você morrer ou, no mínimo, sofrer uma mutilação será extremamente alta. Essas coisas acontecem com frequência, embora nem de longe com tanta frequência quanto não acontecem. Mas hoje é seu dia de sorte.

Segurando cordas que em geral conseguem manter bagagens atadas àquele veículo, você testemunha uma passagem de tempo que supera seu equivalente cronológico. Assim como, quando uma pessoa ruma para as montanhas, uma mudança brusca de altitude pode fazê-la saltar da selva subtropical para a tundra subártica, uma viagem de algumas horas num ônibus de um fim de mundo rural para um centro urbano também pode parecer transpor milênios.

De cima de sua condução que cospe fumaça preta e aderna para boreste, você observa as mudanças com assombro. Ruas de terra dão lugar a ruas asfaltadas, buracos se tornam menos frequentes e logo quase desaparecem, o fluxo camicase de veículos na contramão some, sendo substituído pela paz imposta de uma estrada de mão dupla com canteiro central. A eletricidade aparece, primeiro de passagem, quando você cruza com uma tropa de gigantes de alta voltagem, depois na forma de fios estendidos dos dois lados da estrada na altura dos olhos de quem está no teto de um ônibus e, por fim, em postes de rua, letreiros de loja e gloriosos, magníficos anúncios luminosos. As edificações trocam o barro por tijolo e depois por cimento, e então ganham altura, atingindo inimagináveis quatro andares, ou até cinco.

A cada novo deslumbramento, você acha que chegou ao seu destino, que com certeza nada poderia corresponder mais ao seu destino do que o que está diante de seus olhos, mas toda vez você descobre que estava enganado, até que para de pensar e simplesmente se entrega às camadas de surpresas e de visões que o inundam como as torrentes de chuva que caem uma atrás da outra na monção como se nunca fossem parar, até que de repente param sem dar aviso, e então o ônibus estremece e para e você está por fim e irrevogavelmente lá.

Quando você, seus pais e seus irmãos descem do ônibus, vocês encarnam uma das grandes mudanças de seu tempo. Se antes seu clã era incontável, não infinito, mas numeroso a ponto de não se poder determinar de imediato quantos eram os seus membros, agora vocês são cinco. Cinco. Os dedos de uma única mão, de um único pé, um agrupamento minúsculo quando comparado com cardumes, bandos de pássaros ou mesmo tribos humanas. Na história da evolução da família, vocês e os outros milhões de migrantes como vocês representam uma contínua proliferação da família nuclear. É uma transformação explosiva: os vínculos protetores, sufocantes e estabilizadores com os membros da família extensa enfraquecem e se rompem, deixando atrás de si insegurança, ansiedade, produtividade e potencial.

Mudar-se para a cidade grande é o primeiro passo para ficar podre de rico na Ásia emergente. E agora você o deu. Parabéns. Sua irmã se vira para olhar para você. A mão esquerda dela firma a enorme trouxa de roupas e pertences que ela equilibra na cabeça. A mão direita segura a alça de uma mala surrada e rachada, provavelmente descartada pelo dono original mais ou menos na época em que seu pai nasceu. Ela sorri para você e você retribui o sorriso; os rostos de vocês dois são pequenas figuras ovais do familiar num mundo de resto irreconhecível. Você acha que sua irmã está tentando tranquilizá-lo. Não ocorre a você, jovem como é, que seja ela que precise ser tranquilizada, que ela o procura não para reconfortá-lo, mas sim em busca do conforto que você, o único irmão mais novo recém-recuperado que ela tem, é capaz de oferecer a ela naquele frágil momento de vulnerabilidade.

2. Consiga um diploma

É impressionante a quantidade de livros que entram na categoria autoajuda. Por que, por exemplo, você insiste em ler aquele romance estrangeiro muito elogiado e magnificamente chato, avançando a duras penas página após página após — por favor, acabe com isso! — página de prosa lenta feito lesma e pretensão formal de fazer bochechas corarem, se não por um impulso de entender terras distantes que, por causa da globalização, estão afetando cada vez mais a vida na sua própria terra? O que é esse seu impulso, lá no fundo, se não um desejo de se autoajudar?

E quanto àqueles outros romances que, por causa da trama, da linguagem, da sagacidade ou das cenas frequentes, gratuitas e explícitas de sexo, você realmente aprecia e lê com avidez, saboreando cada página? Com certeza esses também são uma versão de livros de autoajuda. No mínimo, eles ajudam você a passar o tempo, e o tempo é a substância de que uma pessoa é feita. O mesmo vale para narrativas de não ficção e mais ainda para não narrativas de não ficção.

Na verdade, todos os livros, todo e qualquer livro já escrito poderia ser oferecido ao leitor como uma forma de autoajuda. Livros didáticos, aqueles putos, admitem isso de modo particularmente explícito, e é com um livro didático que você, neste momento, depois de alguns anos na cidade, está andando pela rua.

Sua cidade não é configurada como um organismo unicelular, com um núcleo rico cercado por uma gosma de favelas. Ela não dispõe de transporte público suficiente para deslocar todos os seus trabalhadores duas vezes por dia do modo como isso exigiria. Também não dispõe, desde o fim da colonização, gerações atrás, de um governo forte o bastante para fazer desapropriações na escala necessária. Consequentemente, os pobres vivem perto dos ricos. Muitas vezes, uma única avenida separa vizinhanças abastadas de fábricas, mercados e cemitérios, os quais, por sua vez, podem ficar apartados das moradias dos pobres por uma simples vala de esgoto, uma via férrea ou uma viela. Sua própria comunidade com formato de triângulo, o que não é atípico, é limitada pelas três coisas.

Chegando ao seu destino, você vê um prédio caiado e, nele, uma placa que declara o nome e a função do edifício. Aquilo é sua escola, encravada entre uma oficina de borracheiro e o quiosque da esquina, cujo grosso da receita vem da venda de cigarros. Até por volta dos doze anos de idade, quando o custo de oportunidade das mensalidades escolares que se deixa de pagar se torna significativo, a maioria das crianças da área consegue frequentar uma escola. A maioria, mas nem de longe todas. Um menino da sua altura está trabalhando sem camisa na oficina de borracheiro. Ele o observa agora quando você passa.

Há cinquenta alunos na sua sala e carteiras para trinta. Os outros se sentam no chão ou ficam em pé. Você tem aulas com um único professor, um homem de rosto chupado, possivelmente tuberculoso, que vive mascando e cuspindo bétele. Hoje ele está ensinando a tabuada, o que faz entoando uma cantilena, distraído, sendo o seu método pedagógico preferido — na verdade, o único — a memorização forçada por meio da repetição. As partes da mente dele que não são responsáveis pelo controle do tecido e do osso do aparelho vocal voam para bem longe.

Seu professor entoa: "Dez vezes dez, cem".

A turma entoa de volta.

Seu professor entoa: "Onze vezes onze, cento e vinte e um".

A turma entoa de volta.

Seu professor entoa: "Doze vezes doze, cento e trinta e quatro".

Uma voz imprudente interrompe a cantilena e diz: "Quarenta e quatro".

Faz-se o silêncio. A voz é sua. Você falou sem pensar ou, pelo menos, sem pensar muito no futuro.

Seu professor pergunta: "O que você disse?".

Você hesita. Mas já aconteceu. Não há como voltar atrás.

"Quarenta e quatro."

A voz do professor tem um tom suave de ameaça. "Por que você disse isso?"

"Doze vezes doze é cento e quarenta e quatro."

"Você acha que eu sou idiota?"

"Não, senhor. Eu achei que o senhor tivesse dito cento e trinta e quatro. Foi engano meu. O senhor disse cento e quarenta e quatro. Desculpe, senhor."

A turma inteira sabe que o professor não disse cento e quarenta e quatro. Ou talvez não a turma inteira. Boa parte da turma não estava prestando a menor atenção, sonhava acordada com pipas ou com fuzis automáticos, ou enrolava resíduos nasais entre o polegar e o indicador para fazer bolinhas de meleca. Mas alguns dos alunos sabem. E todos sabem o que vai acontecer depois, ainda que não saibam a forma exata que a coisa irá tomar. Eles assistem a tudo agora com um fascínio horrorizado, como focas em cima de uma pedra observando um enorme tubarão-branco subir à superfície logo abaixo de uma das companheiras delas, a poucos pulinhos de distância.

A maioria da turma já passou pela experiência de ser punida pelo professor. Sendo um dos alunos mais inteligentes, você foi alvo de alguns dos piores castigos. Você tenta esconder o que sabe, mas volta e meia a vontade de se exibir se apodera de você e o seu conhecimento aflora, como acabou de acontecer, e aí as consequências são atrozes. Hoje, seu professor enfia a mão no bolso da túnica, onde ele costuma carregar uma pequena quantidade de areia grossa, e segura você pela orelha, a areia grudada nas pontas dos dedos dele acrescentando atrito à enorme pressão que ele aplica, de modo que o seu lóbulo é não só esmagado, mas também esfolado, chegando até a sangrar um pouco. Você se recusa a chorar, negando essa satisfação ao seu torturador e garantindo, assim, que o castigo se prolongue.

Seu professor não queria ser professor. Ele queria ser leitor de medidores de luz da companhia elétrica. Leitores de medidores de luz não têm que aturar crianças, trabalham relativamente pouco e, o que é mais importante, têm mais oportunidades de praticar a corrupção; logo, gozam não só de uma situação financeira melhor, como também de maior prestígio na sociedade. Tornar-se um leitor de medidores de luz não era algo que estivesse fora do alcance do professor. O tio dele trabalhava para a companhia elétrica. No entanto, a única vaga de leitor de medidores que esse seu tio conseguiu arranjar coube, como todas as coisas mais desejáveis na vida invariavelmente cabiam, ao irmão mais velho de seu professor.

Então, o professor, que por muito pouco não foi reprovado no exame final da escola secundária, mas deu um jeito de fazer os resultados serem falsificados, e com esses resultados fajutos, mais uma propina equivalente a sessenta por cento de um ano do futuro salário e um bom contato na camada inferior da burocracia da secretaria de educação na forma de um primo, conseguiu apenas o cargo que agora ocupa. Ele não é exatamente um homem que vive para lecionar. Na verdade, ele odeia lecionar. Sente vergonha do que faz. No entanto, conserva um pequeno, mas não insignificante, temor de perder o emprego, de ser desmascarado de alguma forma ou, se não de perder o emprego, no mínimo de ser posto numa posição em que seja forçado a pagar mais uma propina, talvez até maior do que a primeira, a fim de mantê-lo. E esse temor, aumentado por um sentimento de frustração permanente e pela convicção não infundada de que o mundo é profundamente injusto, se manifesta na dose regular de violência que ele impinge a seus pupilos. Com cada golpe, diz a si mesmo, ele contribui para que a educação penetre em mais uma cabeça-dura.

Penetração e educação. Na vida de muita gente ao seu redor, essas duas coisas estão interligadas. Na vida de sua irmã, por exemplo. Quando você volta para casa, ela está chorando. Nos últimos tempos, ela tem alternado com uma frequência alarmante lágrimas contidas, mas esféricas, com um ar de superioridade calmo e altivo. No momento, é a vez das lágrimas.

Você pergunta: "De novo?".

"Pega no meu pau, bichinha."

Você balança a cabeça de um lado para o outro. Está fraco demais para dar uma resposta à altura e, mais ainda, exausto demais para se sentir capaz de se esquivar de um dos insultos impulsivos de sua irmã.

Ela percebe que há alguma coisa errada com você. Pergunta: "O que aconteceu com a sua orelha?".

"O professor."

"Aquele filho da puta. Vem cá."

Você se senta ao lado de sua irmã e ela o abraça e faz carinho na sua cabeça. Você fecha os olhos. Ela funga uma ou duas vezes, mas parou de chorar por ora.

Você pergunta: "Você está com medo?".

"Medo?" Ela dá um riso forçado. "Ele é que tem que ter medo de mim."

O "ele" a que ela se refere é o primo de segundo grau de seu pai, uma década mais velho que ela, de quem ela agora está noiva. A primeira mulher dele morreu recentemente no parto, já tendo sofrido dois abortos espontâneos antes, e mais que depressa os parentes trataram de lhe arranjar outra esposa.

"Ele ainda tem aquele bigode?", você pergunta.

"Como é que eu vou saber? Faz anos que eu não vejo aquele sujeito."

"Era enorme. O bigode."

"Você sabe o que as pessoas dizem sobre o tamanho do bigode de um homem, não sabe?"

"Não. O quê?"

"Deixa pra lá."

"Então, você está com medo?"

"De quê?"

"Sei lá. De ir embora daqui. Eu ficaria com medo de me mudar de volta pra aldeia sozinho."

"É porque você ainda é um menino e eu já sou uma mulher."

"Você é uma menina."

"Não, eu sou uma mulher."

"Uma menina."

"Eu sangro todo mês. Eu já sou mulher."

"Você é nojenta."

"Talvez." Ela sorri. "Mas sou uma mulher."

Então, ela surpreende você. Faz uma coisa que você associa com mulheres de peso e estatura, não com fiapos de menina como sua irmã. Ela canta. Canta com uma voz suave e potente.

Canta uma canção que mães de sua aldeia costumam cantar para bebês recém-nascidos, uma canção que, na verdade, sua mãe cantou para cada um de vocês. É como uma cantiga de ninar, mas mais animada, pois sua função não é fazer o bebê dormir e, sim, transmitir a presença da mãe quando uma tarefa a leva para longe do contato ou do campo de visão do neném. Faz anos que você não escuta aquela música. É esquisito ouvir sua irmã cantá-la, estranhamente relaxante e perturbador ao mesmo tempo. Enquanto ela canta, você se encosta nela e sente o corpo dela se inflar e se encolher como um acordeão.

Quando ela para de cantar, você diz: "Vamos brincar de rio".

"Está bem."

Vocês dois saem do cômodo que sua família divide e que é mais ou menos do mesmo tamanho daquele que vocês dividiam na aldeia, mas é feito de tijolo em vez de barro e fica precariamente empoleirado no terceiro e último andar de um prédio estreito e instável. Você desce a escada em disparada e de lá segue para uma viela isolada, ou melhor, um beco, já que ele parte da rua, mas não leva a lugar nenhum, sendo limitado de três lados por moradias. Ali fica uma colina de lixo, com uma vala de esgoto a céu aberto atrás.

Avistando a cena pelas lentes de um satélite de reconhecimento em órbita, um observador veria duas crianças agindo de modo curioso. Esse observador, ou observadora, notaria que elas exibem uma cautela exagerada ao se aproximarem do esgoto, como se este não fosse um filete de excrementos de viscosidades diversas, mas sim uma torrente impetuosa. Além disso, embora a vala seja rasa e possa ser atravessada com um salto modesto, as crianças estão postadas com cuidado uma de cada lado da vala e com as mãos em concha ao redor da boca, como se estivessem gritando uma para a outra de uma distância enorme. Quando chegam a um acordo, uma delas pega um pedaço de metal do lixo, talvez um raio de roda de bicicleta, e parece usá-lo para pescar, ainda que sem linha, sem isca e sem qualquer perspectiva de pescar alguma coisa. A outra pega uma tira rasgada de papelão marrom, comprida e pontuda, e a crava várias vezes no esgoto. Espetando tartarugas transparentes? Espantando crocodilos invisíveis? É difícil determinar o objetivo dos movimentos frenéticos da criança. De repente a menina se agacha, fazendo gestos como se estivesse acendendo uma fogueira. O menino a chama e ela joga uma ponta do xale para ele.

Você segura o xale com firmeza. Nas suas mãos, ele se transforma na corda que você irá usar para atravessar o rio. Mas, antes que você tenha a chance de fazer isso, o encanto se desfaz de repente. Você segue o olhar alterado de sua irmã e vê que uma janela antes vedada com persiana agora está aberta. Um homem alto e careca está parado lá dentro, olhando fixamente para sua irmã. Ela tira o xale de você, joga uma ponta dele sobre a cabeça e, com a outra, cobre o peito e os seios ainda pequenos.

Ela diz: "Vamos pra casa".

Sua irmã vem trabalhando como faxineira desde pouco depois que a família se mudou para a cidade, porque a renda de seu pai não acompanhou a inflação galopante dos últimos anos. Disseram à sua irmã que ela poderia voltar a estudar quando seu irmão do meio, um dos três de vocês que sobreviveram, tivesse idade suficiente para trabalhar. Ela demonstrou mais entusiasmo pelos estudos nos poucos meses que passou dentro de uma sala de aula do que seu irmão nos vários anos de vida escolar. Há pouco tempo, arranjaram para ele um emprego de auxiliar de pintor e, consequentemente, ele foi tirado da escola. No entanto, sua irmã não vai estudar no lugar dele. O tempo que ela tinha para isso já passou. O futuro dela é o casamento. Ela já está marcada para a penetração.

Quando vocês dois voltam para o cômodo, seu irmão está

sentado lá. Exausto. Uma poeira fina de tinta branca cobre a pele exposta das mãos e do rosto dele. Cobre também o cabelo, como a maquiagem de um ator de teatro, e ele faz lembrar um menino prestes a entrar no palco como um homem de meia-idade numa montagem escolar. Ele olha cansado para vocês e tosse.

Sua irmã diz: "Eu falei que você não devia fumar".

Ele responde: "Eu não fumo".

Ela sente o cheiro dele. "Fuma, sim."

"O patrão fuma. Eu fico perto dele o dia inteiro, só isso."

A verdade é que seu irmão já fumou algumas vezes, mas não gosta particularmente de fumar e não fumou naquela semana. Além disso, o fumo não é a razão da tosse dele. A razão da tosse dele é inalação de tinta.

Toda manhã seu irmão atravessa os trilhos do trem, usando a passagem de nível, se ela estiver aberta ou, se não estiver e o trem vier se aproximando devagar, fazendo a travessia em disparada junto com os moleques para quem essa atividade é uma brincadeira. Ele pega um ônibus para o bairro comercial, que foi projetado por europeus e tem um século de existência, não sendo, portanto, nem novo nem antigo no contexto histórico da cidade. Lá ele entra, por um quiosque de chá, num espaço aberto que um dia já foi uma praça pública, mas que agora, por causa de construções ilegais que obstruíram suas entradas, é um pátio inteiramente cercado.

O pátio é um prodigioso projeto de uso misto ou, para ser mais exato, um não projeto. Os últimos andares dos prédios que o constituem contêm residências de famílias e de trabalhadores, quartos de hóspedes de um hotel caindo aos pedaços, oficinas ocupadas por alfaiates, bordadeiras e outros artesãos; e também escritórios, entre eles dois que pertencem a um par de detetives particulares velhuscos que nutrem um inveterado ódio mútuo e podem ser vistos vigiando um ao outro pelas suas respectivas janelas em lados opostos do pátio. No térreo, a frente dos prédios, ou seja, a face deles que não dá para o pátio, é ocupada por lojas e restaurantes pouco atraentes. Já os fundos, ou o lado que dá para o pátio, são dedicados a manufaturas em pequena escala, a operações que, por serem sonora, olfativa, visual ou quimicamente repulsivas, são impopulares numa área de alta densidade populacional como aquela e, portanto, utilizam o pátio cercado como um véu parcial.

O pintor que seu irmão auxilia pinta com pistola de ar comprimido, e o trabalho deles hoje era um serviço para um decorador de notável arrojo e renome. Seu irmão começou o dia descarregando de um pequeno caminhão de carroceria plana um conjunto de prateleiras feitas sob medida para serem embutidas no local e que ainda precisavam ser pintadas. Ele as transportou com extremo cuidado, em breves e ligeiros avanços por causa do peso delas, passando por dentro do quiosque de chá, atravessando o pátio e entrando no galpão do pintor. Prendeu grandes pedaços de plástico com fita adesiva no teto ondulado, formando cortinas, para impedir que partículas de tinta atingissem a superfície de outros objetos já pintados e à espera de que alguém viesse buscá-los. Prendeu pedaços de jornal também com fita adesiva em volta das luminárias de lâmpadas halógenas e dos interruptores de aço escovado embutidos nas prateleiras a serem embutidas. Seguindo instruções do pintor, levantou latas de tinta, misturando tinta e selador. Encontrou fios de extensão para ligar o compressor de ar da pistola. Depois, ficou em pé atrás do pintor, suando num ambiente sem ventilação, num calor infernal, enquanto o pintor segurava a pistola e se punha a mover o braço de um lado para o outro em linha reta centenas de vezes ao longo da madeira das prateleiras, como um robô numa linha de montagem automotiva, só que com um pouco menos de precisão e muito mais palavrões, seu irmão correndo de três em três minutos em resposta a resmungos ordenando que ele limpasse respingos, empurrasse a escada, pegasse água, pegasse pão ou tornasse a unir fios desencapados usando fita isolante.

O trabalho de seu irmão se parece em alguns aspectos com o de um astronauta ou, sendo ligeiramente mais prosaico, com o de um mergulhador. É uma atividade que também envolve assobios de ar, a sensação de não ter peso, náuseas e dores de cabeça súbitas provocadas pela pressão, a precariedade resultante da fusão de um ser orgânico com uma máquina. Por outro lado, um astronauta e um mergulhador veem inimagináveis mundos novos, enquanto seu irmão só vê uma névoa monocromática de intensidade variável.

A profissão dele requer paciência e tenacidade para suportar uma sensação constante de leve pânico, duas qualidades que o irmão adquiriu por necessidade. Em teoria, requer também proteção na forma de óculos e máscaras, mas tais itens são claramente opcionais, já que seu irmão e o patrão dele não dispõem de nenhum dos dois, usando em vez disso finos trapos de algodão para cobrir o nariz e a boca. Daí, a curto prazo, a tosse de seu irmão. A longo prazo, as consequências podem ser mais sérias. Mas um auxiliar de pintor é pago, as habilidades que ele aprende são valiosas e, de qualquer forma, a um prazo longo o bastante, como todo mundo sabe, não há nada que não tenha como consequência a morte.

Enquanto sua mãe prepara o jantar naquela noite, um ensopado de lentilha engrossado com nacos de cebola — não porque cebola seja o ingrediente favorito dela, mas porque é provável que dê substância a uma refeição e estava barata no mercado naquele dia —, pode não parecer que você é uma criança de sorte. Afinal, sua orelha machucada é mais visivelmente dolorosa do que a expressão nos olhos de sua irmã ou os resíduos de tinta na pele de seu irmão. No entanto, você tem sorte, sim. A sorte de ter sido o terceiro a nascer.

Conseguir um diploma é uma mão na roda para se tornar podre de rico na Ásia emergente. Isso não é segredo para ninguém. Mas, como várias coisas desejáveis, o simples fato de muitos saberem disso não faz com que tal objetivo seja fácil de alcançar. Há bifurcações no caminho para a riqueza que nada têm a ver com escolha, desejo ou esforço, mas sim com sorte, e, no seu caso, a ordem do seu nascimento é uma dessas bifurcações. Ser o terceiro filho significa que você não está prestes a voltar para a aldeia. Significa que você não está trabalhando como auxiliar de pintor. Significa também que você não é, como seu outro irmão que foi o quarto filho a nascer, um minúsculo esqueleto numa pequena sepultura debaixo de uma árvore.

Seu pai chega em casa depois que vocês já comeram. Ele faz as refeições junto com outros empregados da casa onde ele cozinha. Vocês todos se aglomeram ao redor do televisor da família, aparelho que é um indício da prosperidade urbana de vocês. A eletricidade para fazê-lo funcionar vem de uma gambiarra comunitária que passa pela frente do prédio. É uma televisão arcaica, em preto e branco, de tubo de raios catódicos, com uma tela excessivamente curva e lascada de um jeito irritante. Ela é mais estreita do que a distância do seu pulso até o seu cotovelo e só consegue captar os poucos canais da televisão aberta. Mas funciona, e sua família assiste num estado de êxtase silencioso ao programa de variedades musicais que é exibido no cômodo de vocês.

Quando o programa termina, passam os créditos. Sua mãe vê uma torrente de hieróglifos sem sentido. Seu pai e sua irmã identificam um ou outro número; seu irmão identifica números e uma ou outra palavra. Você é o único da família para quem aquela parte do programa faz sentido. Você entende que aqueles símbolos revelam quem é responsável pelo quê.

A eletricidade de sua vizinhança se extingue naquela hora exata e, com ela, a luz da única lâmpada da sua casa. Uma vela ilumina o cômodo enquanto todos vocês se preparam para ir para a cama, sendo depois apagada por sua mãe, que esmaga a chama entre os dedos. O quarto fica sombrio, mas não escuro, pois o clarão da cidade penetra pelas frestas da persiana, e sossegado, mas não silencioso. Você ouve um trem se aproximar da estação e desacelerar. Você tende a dormir profundamente; então, embora você e ele durmam na mesma cama, a tosse de seu irmão não acorda você nem uma única vez ao longo da noite.

3. Não se apaixone

Muitos livros de autoajuda oferecem conselhos sobre como se apaixonar ou, mais exatamente, sobre como fazer o objeto do seu desejo se apaixonar por você. Para ser absolutamente franco, esclareço desde já que este não é um desses livros de autoajuda. Porque, no que se refere a ficar rico, o amor pode ser um entrave. Sim, a busca do amor e a busca da riqueza têm muito em comum. Ambas têm o potencial de inspirar, motivar, entusiasmar e matar. Mas enquanto conquistar um saldo bancário astronômico comprovadamente atrai espécimes de belo físico desesperados para dar amor em troca da chance de desfrutar desse saldo, conquistar amor tende a fazer o oposto. Abafa o fogo da caldeira da ambição, tirando uma parcela essencial da propulsão necessária a um barco que tenta fazer uma viagem por si só já turbulenta contra a corrente rumo ao auge do sucesso financeiro.

Assim sendo, é preocupante que você, na segunda metade da sua adolescência, fique apaixonado por uma menina bonita. Ela não tem uma aparência que seria tradicionalmente considerada bela. Nada de pele leitosa, madeixas negras como ébano, seios fartos nem rosto macio e redondo como a lua. A pele dela é mais escura do que a média e o cabelo e os olhos mais claros, o que faz com que os três tenham um tom de marrom extremamente parecido. Isso lhe confere uma qualidade esfumaçada, como se ela tivesse sido desenhada a carvão. Ela também é esguia, alta e reta como uma tábua, tendo seios, como observa sua mãe com desdém, do tamanho de duas pequenas mangas esmagadas, daquelas bem baratinhas.

"Um garoto que queira trepar com uma menina assim", diz sua mãe, "quer mesmo é trepar com outro garoto."

Talvez. Mas você não é o único admirador da menina bonita. Na verdade, legiões de garotos da sua idade viram a cabeça para vê-la passar, o andar altivo e provocante dela chamando tanta atenção em sua vizinhança quanto uma mulher de biquíni chamaria num seminário. Talvez seja uma coisa geracional. Ao contrário de seus pais, vocês, garotos, cresceram na cidade grande, bombardeados por imagens de televisão e de outdoors. Aqui, fertilidade demais é uma desvantagem, não uma vantagem como vem sendo historicamente no campo, onde os alimentos são na sua maioria cultivados em vez de comprados, e é possível encontrar trabalho mesmo para pares de mãos sem nenhum treinamento, ainda que também lá essa era esteja acabando.

Qualquer que seja a razão, o fato é que a menina bonita é objeto de muito desejo, angústia e atividade masturbatória. E ela, por sua vez, parece ter um leve grau de interesse por você. Embora sempre tenha sido um sujeito atlético, no momento você está numa forma física impressionante. Isso se deve em parte a uma rotina diária de exercícios, constituída de flexões inclinadas com os pés apoiados em cima da cama, elevações na barra com o corpo pendurado no fosso da escada e abdominais com peso abraçando um tijolo, todos ensinados a você por um ex-fisiculturista competitivo, agora um capanga de meia-idade, que mora no apartamento ao lado. E se deve também ao seu trabalho noturno como entregador de DVDs.

Depois da sua vizinhança há uma rua só de fábricas e, mais adiante, um centro comercial que fica na borda de uma área mais próspera da cidade. O centro comercial foi construído no meio de uma rotatória e conta, entre seus estabelecimentos, com uma loja de vídeo escura, mal iluminada e tão pequena que mal comporta três clientes ao mesmo tempo, com duas paredes repletas de pôsteres de filmes e uma terceira sombreada por uma única prateleira razoavelmente cheia de DVDs. Todos são vendidos pelo mesmo preço módico, apenas o triplo do preço de um DVD virgem no varejo. Não é preciso dizer que são todos piratas.

Em virtude da diversificação do gosto dos consumidores, o proprietário normalmente mantém apenas por volta de cem filmes de sucesso em estoque. No entanto, reconhecendo a demanda combinada substancial por filmes que só vendem uma ou duas cópias por ano cada um, ele instalou na sala dos fundos, exclusivamente para esse fim, uma conexão de banda larga de alta velocidade, o equipamento necessário para gravar discos e uma impressora colorida de alta qualidade. Os clientes podem solicitar praticamente qualquer filme, que ele manda entregar na casa deles no mesmo dia.

E é nesse ponto que você entra. O proprietário dividiu a área de entrega da loja em duas zonas. Para a primeira zona, que engloba lugares acessíveis de bicicleta em no máximo quinze minutos, ele tem um entregador júnior: você. Para a segunda zona, que abarca partes da cidade situadas além da primeira zona, ele tem um entregador sênior, um homem que vara a cidade zunindo, montado numa motocicleta. O salário desse homem é o dobro do seu e as gorjetas que ele recebe são várias vezes maiores que as suas, pois embora seu trabalho seja mais cansativo, um homem de moto logo é percebido como alguém de categoria mais alta que um garoto de bicicleta. Pode ser injusto, mas você pelo menos não precisa pagar prestações mensais pelo seu veículo a um agiota perigosamente desalmado e cheio de cicatrizes horrendas.

Sua jornada de trabalho dura seis horas, das sete da noite à uma da manhã, com breves períodos de atividade intensa intercalados com longos períodos de calmaria. Por isso, você desenvolveu não só velocidade, mas também resistência. Também foi exposto a uma grande variedade de pessoas, inclusive a mulheres que, nas casas dos ricos, não veem nada de mais em recebê-lo sozinhas na porta — quer dizer, sozinhas se você não contar os seguranças vigilantes, os motoristas e outros empregados que trabalham do lado de fora da casa — e fazerem perguntas a você, em geral sobre a qualidade da imagem e do som, mas também, às vezes, sobre se um filme é bom ou não. Consequentemente, você conhece nomes de atores e diretores do mundo inteiro e sabe que filme deve ser comparado a qual, mesmo nos casos de atores, diretores e filmes que você próprio nunca viu, já que só tem um tempo livre limitado durante o expediente para assistir ao que quer que esteja passando na loja.

No mesmo centro comercial trabalha a menina bonita. O pai dela, um notório beberrão viciado em jogo que raramente é visto durante o dia, despacha a esposa e a filha para ganhar de volta o dinheiro que ele perdeu na noite anterior ou vai perder na noite seguinte. A menina bonita trabalha como assistente num salão de beleza, onde carrega toalhas, mexe com produtos químicos, serve chá, varre cabelo do chão e massageia cabeças, costas, traseiros, coxas e pés de mulheres de todas as idades que ou são ricas ou querem parecer ricas. Ela também serve bebidas não alcoólicas para os homens que ficam esperando dentro de seus carros por suas esposas ou amantes.

O horário de trabalho dela termina mais ou menos na mesma hora em que o seu começa e, como moram em ruas adjacentes, vocês se cruzam com frequência no caminho para o trabalho e na volta para casa. Às vezes vocês não se cruzam, e aí você passa andando em frente ao salão, puxando a sua bicicleta, para tentar avistar a menina lá dentro. Ela, por sua vez, parece fascinada pela loja de vídeo e fica olhando com grande interesse para os pôsteres e capas de DVDs, que vivem sendo trocados. Ela não fica olhando para você, mas quando os olhares de vocês se cruzam, ela não desvia os olhos.

Volta e meia acontece de você não cruzar com ela no caminho para o trabalho nem conseguir avistá-la quando passa em frente às janelas do salão. Nessas ocasiões, você fica imaginando aonde ela pode ter ido. Talvez ela tenha uma folga rotativa, além do dia em que o salão não abre. Afinal, arranjos desse tipo não são incomuns.

No final de uma tarde de inverno, quando já escureceu e vocês se aproximam um do outro na viela mal iluminada que corta a rua das fábricas, a menina bonita fala com você.

"Você sabe muito sobre filmes?", ela pergunta.

Você desce da sua bicicleta. "Eu sei tudo sobre filmes."

Ela não diminui o passo. "Você consegue arranjar pra mim o melhor de todos? O mais famoso?"

"Claro." Você se vira e começa a acompanhar os passos dela. "Você tem um aparelho pra passar o filme?"

"Eu vou ter. Para de me seguir."

Você estaca como se estivesse na beira de um precipício.

Naquela noite, um vídeo é sorrateiramente afanado da loja. Você o leva debaixo de sua túnica no dia seguinte, mas não vê nem sinal da menina bonita no caminho para o trabalho nem no salão de beleza. Você a vê um dia depois, com o xale enrolado de um jeito displicente em torno da cabeça em desdenhosa aceitação às normas vigentes na sua vizinhança, como ele sempre está quando ela sai para a rua. Ela está andando de um modo desajeitado, carregando com esforço uma enorme sacola de plástico contendo um televisor com aparelho de DVD acoplado, ainda na embalagem de papelão.

"Onde você arranjou isso?", você pergunta.

"Eu ganhei de presente. E o meu filme?"

"Está aqui."

"Joga dentro da sacola."

Você joga. "Parece pesado. Posso ajudar?"

"Não. Além do mais, você é que nem eu. Magricela."

"Eu sou forte."

"Eu não disse que não somos fortes."

Ela segue adiante sem dizer mais nada, nem mesmo um obrigada. Você passa o resto da noite em polvorosa. Sim, você falou com a menina bonita duas vezes, mas ela não lhe deu nenhum sinal de que pretenda falar com você de novo. Além disso, já faz algum tempo que o debate magricela versus forte vem sendo travado na sua cabeça, de modo que os comentários dela causam desconforto.

Quando você pergunta por que, apesar da sua rotina rigorosa de exercícios, seu físico não está nem um pouco parecido com o dele nas fotos da época em que ele estava no auge da forma e participava de competições, seu vizinho, o fisiculturista que virou capanga, você culpa sua dieta. Você não está ingerindo proteína em quantidade suficiente.

"E também você é muito novo", diz ele, se encostando na moldura da própria porta e dando um trago num cigarro de maconha, enquanto uma menininha se abraça à perna dele. "Ainda faltam alguns anos pra você atingir o seu máximo. Mas não se preocupe com isso. Você é forte. Não só aqui." Ele bate de leve no seu bíceps, que você contrai sub-repticiamente sob a túnica.

"Mas aqui." Ele bate de leve na sua testa. "É por isso que os outros garotos não costumam se meter com você."

"Não é porque eles sabem que eu te conheço?"

Ele pisca um olho. "Também."

É verdade que você conquistou fama de bravo nas brigas de rua que eclodem entre os meninos da sua vizinhança. Mas a questão da proteína o atormenta. Sua família está numa fase relativamente próspera. Com uma boca a menos para alimentar desde que sua irmã voltou para a aldeia e três membros ganhando salário agora que você está no mercado de trabalho como seu pai e seu irmão, a família tem neste momento uma renda per capita mais alta do que nunca.

Mesmo assim, o preço da proteína é proibitivo. Só em raríssimas ocasiões se come frango em sua casa; já carne vermelha é um luxo desfrutado apenas em grandes celebrações, como casamentos, para as quais os anfitriões economizam anos a fio. Lentilha e espinafre são obviamente itens básicos da sua dieta, mas proteína vegetal não é a mesma coisa que proteína animal. Depois de pagar dívidas e de fazer doações a parentes necessitados, resta à sua família imediata apenas o suficiente para comprar uma dúzia de ovos por semana — ou quatro para cada um de vocês, sua mãe, seu irmão e você — e meio litro de leite por dia, o que dá uma cota de meio copo para você.

De alguns meses para cá, sua única extravagância secreta, pela qual você se sente profundamente culpado e com a qual está, ao mesmo tempo, ferrenhamente comprometido, vem sendo a compra diária de uma caixa de duzentos e cinquenta mililitros de leite. Isso consome dez por cento do seu salário, o exato valor de um aumento que você deixou de informar ter recebido a seu pai. Por semana, esse hábito de tomar leite também equivale mais ou menos ao preço que os clientes de seu patrão estão dispostos a pagar para que um DVD pirateado lhes seja entregue em casa, um fato que ora o enfurece pelo absurdo total que isso representa, ora o consola por botar numa proporção bem menor a quantia que você tem roubado de sua família. Afinal, o valor diário envolvido equivale a uma simples fatia, da largura de um polegar, de um disco de plástico.

Você está pensando na sua complicada situação proteica quando avista a menina bonita no fim da tarde seguinte. Desta vez, ela para na viela, puxa o DVD que você lhe deu e o empurra contra seu peito sem dizer uma palavra.

"Você não gostou?"

"Gostei."

"Pode ficar com ele. É presente."

O rosto dela se franze. "Eu não quero presentes de você."

"Desculpe."

"Você tem celular?"

"Tenho."

"Então me dá."

"Bom, o problema é que é do trabalho…"

Ela ri. É a primeira vez que você a vê fazer isso. O riso faz com que ela pareça jovem. Ou melhor, como ela de fato é jovem e normalmente parece mais velha do que é, o riso faz com que ela pareça ter a idade que tem.

Ela diz: "Não se preocupe. Eu não vou ficar com seu telefone".

Você lhe entrega o celular. Ela aperta algumas teclas e um único toque ecoa de dentro da bolsa dela antes que ela interrompa a chamada.

"Agora eu tenho seu número", diz ela.

"E eu tenho o seu." Você tenta imitar o tom de voz blasé dela. Não fica claro se você conseguiu, mas de qualquer forma ela já está indo embora.

Por causa da natureza de seu trabalho e da necessidade de

poder entrar em contato com você a qualquer momento durante as viagens para fazer entregas, o seu patrão lhe deu um telefone celular. É um aparelhinho mixuruca, de terceira mão, mas uma fonte considerável de orgulho mesmo assim. Pagar pelas ligações para outras pessoas é responsabilidade sua, então você mantém apenas uma ninharia em créditos na sua conta. Naquela noite, porém, você corre para comprar um cartão de recarga de valor considerável, por precaução.

Mas a ligação que você está esperando não vem. E quando você liga para a menina bonita, ela não atende.

Frustrado, você faz o resto das entregas sem entusiasmo. Só quase no fim do horário de trabalho, depois da meia-noite, é que ela liga.

"Oi", ela diz.

"Oi."

"Eu quero outro filme."

"Qual?"

"Sei lá. Me fala sobre esse que eu acabei de ver."

"Você quer ver de novo?"

Ela ri. Duas vezes na mesma noite. Você fica contente.

"Não, seu bobo. Eu quero saber mais sobre o filme."

"Tipo o quê?"

"Tipo tudo. Quem trabalhou nele? Que outros filmes eles fizeram? O que as pessoas dizem quando falam desse filme? Por que esse filme é famoso?"

Então você diz a ela. No início, você se atém ao que sabe. Quando já disse tudo o que sabe e ela continua querendo saber mais, você diz o que imagina ser plausível. Quando ela pede para você falar mais ainda, você se arrisca e parte para a invenção descarada, até ela dizer que já chega.

"O quanto disso tudo que você falou é verdade?", ela pergunta.

"Menos da metade. Mas algumas partes com certeza são."

Ela ri de novo. "Um rapaz honesto."

"Onde é que estão seus pais?"

"Por quê?"

"É só que é estranho eles deixarem você falar no telefone a essa hora."

"Meu pai saiu e minha mãe está dormindo."

"E ela não acorda com a sua voz?"

"Eu estou no telhado."

Você reflete sobre isso. A imagem da menina bonita no topo de um telhado o deixa meio sem ar, mas antes que você consiga pensar em alguma coisa apropriada para dizer, ela fala de novo.

"Eu vou querer outro amanhã. Você escolhe. Mas tem que ser um filme famoso."

Assim começa um ritual que irá durar vários meses. Vocês se encontram no caminho para o trabalho. Sem parar nem trocar uma palavra, você ou lhe entrega um DVD ou recebe o que ela já viu. À noite vocês se falam. No começo você se sente como um professor de uma matéria que você mal conhece, mas como só empresta a ela filmes que já viu em parte, você pelo menos pode lhe oferecer opiniões próprias. Logo você percebe que ela está gentilmente preenchendo lacunas do enredo para você; na verdade, está resumindo para você tramas inteiras. E as discussões de vocês vão ficando mais ricas e, às vezes, mais acaloradas. Seu gasto com chamadas telefônicas devia ter crescido consideravelmente e estar comendo boa parte de suas gorjetas, se não todas, mas ela faz questão de que seja sempre ela a ligar para você, então você não gasta nada. Ela também faz questão de que vocês dois não falem de si próprios nem de suas famílias.

O pai da menina bonita é estenógrafo formado, mas não toma ditado nem tem qualquer outro tipo de emprego faz tempo. Ele sempre teve um fraco por cartas e por bebida, mas o dinheiro curto garantia que essas coisas não passassem de pequenos vícios. A ruína veio quando o chefe dele, que era dono de uma pequena fábrica de garrafas de plástico, vendeu o negócio e concedeu bônus aos funcionários. Como tinha contato próximo e diário com o chefe, o pai da menina bonita recebeu uma gratificação particularmente generosa: mais de um ano de seu modesto salário numa tacada só. O homem nunca mais trabalhou.

Agora, um dia típico na vida do pai da menina bonita começa com ele indo dormir, o que faz ao amanhecer, depois se levantando ao cair da noite ou até mais tarde. Então, ele pega todo o dinheiro que puder da esposa e da filha e sai com destino ao bar, um estabelecimento subterrâneo gerido por imigrantes africanos ilegais numa sala que se modifica sempre pela vizinhança, transferindo-se para outro porão cada vez que a polícia, apesar das propinas que recebe, se sente suficientemente pressionada por ativistas religiosos a ponto de fingir que está fechando o bar. Ele bebe sozinho até por volta da meia-noite, quando começa a jogatina. Então, ele se dirige a um cubículo fechado, onde recebe cartas dos amigos para jogar. Alguns desses amigos já lhe deram surras brutais, em consequência das quais ele não consegue mais dobrar três dedos da mão esquerda. No momento, ele deve uma quantia considerável a um gângster local, um homem carrancudo que definitivamente não é amigo dele, e joga na esperança de ganhar essa quantia de volta e com medo do que vai acontecer se não ganhar.

Sua esposa, a mãe da menina bonita, sofre de artrite precoce grave, um problema que torna o trabalho dela como varredora — o único emprego que ela conseguiu quando as circunstâncias a empurraram para o mercado de trabalho remunerado numa fase um tanto tardia da vida — uma agonia sem trégua. Ela não fala mais com o marido, raramente fala com a menina bonita, a não ser, de vez em quando, através de berros que podem ser ouvidos na rua inteira e, no trabalho, finge que é muda. No entanto, fala com Deus, pedindo para ser libertada de sua dor, e, como faz isso em público, murmurando aparentemente consigo mesma enquanto anda arrastando os pés, todo mundo acha que ela é louca.

Como seria de esperar, a menina bonita está planejando fugir da família. O salário que ela recebe no salão de beleza é bem maior que o da mãe, e ela o entrega inteiro aos pais sem impor resistência. Mas o salão também atende às necessidades de alguns fotógrafos de moda menos conhecidos, então ela foi exposta ao mundo deles, sendo até levada com a equipe para ajudar a cuidar da maquiagem e dos cabelos das modelos em algumas sessões fotográficas de baixo orçamento. Através desses contatos, ela acabou virando amante de um gerente de marketing responsável por uma linha de xampu. Ele diz enxergar nela potencial para ser modelo, promete que fará isso acontecer e, enquanto nada acontece, lhe dá presentes e dinheiro. A menina bonita vem guardando esse dinheiro, sem contar para os pais nem para o gerente de marketing, acreditando que isso possibilitará a sua independência.

Em troca, o gerente de marketing exige favores físicos. No início eram só beijos e a permissão para acariciar o corpo dela. Depois ele passou a exigir sexo oral. Em seguida, sexo anal, que ela acreditava, para grande espanto e alegria dele, que lhe permitiria preservar a virgindade. Mas, conforme os meses foram passando, ela começou a duvidar dessa lógica e, algum tempo depois, acabou permitindo o sexo vaginal também.

Fosse qual fosse a excitação e o afeto que um dia o gerente de marketing tenha conseguido despertar na menina bonita, isso já acabou faz tempo. O objetivo dela é conseguir juntar dinheiro suficiente para bancar o aluguel de um lugar só seu, objetivo este que ela agora está perto de alcançar. Também acalenta alguma esperança de que o gerente de marketing cumpra a promessa de pôr o rosto dela num anúncio e a apresente a outras pessoas que possam fazer a carreira dela deslanchar. Mas, como não é boba, ela vem travando contatos com alguns dos fotógrafos que usam os serviços do salão onde ela trabalha, e mais de um deles lhe disse de forma nada ambígua que ela tem potencial.

O que está claro para a menina bonita é que ela terá que atravessar um abismo social e cultural significativo para entrar até mesmo nos domínios inferiores do mundo da moda. Daí o interesse inicial dela por filmes e, indiretamente, por você. Mas ela descobriu que, afora o valor educativo deles, ela de fato gosta de filmes e, o que é mais surpreendente ainda, de fato gosta de conversar com você. Em você ela encontrou um amigo, uma pessoa que torna a vida dela na vizinhança que ela odeia mais tolerável.

Ela tem consciência, porém, dos sentimentos que você nutre por ela. Percebe o jeito como você olha para ela quando vocês se cruzam na rua. O que ela própria sente por você, ela diz a si mesma, é muito diferente. Ela tem carinho e afeto por você, como teria por um irmão mais novo, só que é claro que vocês têm a mesma idade, e você não é irmão dela coisa nenhuma. E você tem olhos lindos, de fato.

Sim, ela sabe que existe alguma coisa entre vocês. Ela se sente feliz durante as conversas com você, mais feliz do que em outras horas do dia. Admira os contornos do seu corpo e a sua postura. Acha graça no seu jeito e se comove com o seu evidente comprometimento. Você é uma porta para uma vida que ela não quer, mas, mesmo que o cômodo além da porta seja repulsivo, a porta conquistou um pedaço do coração dela.

Então, antes de ir embora da vizinhança para sempre, ela liga para você. O fato de ela ligar não é nem um pouco incomum. Mas o que ela diz é.

"Vem pra cá."

"Pra onde?"

"Pro meu telhado."

"Agora?"

"Agora."

"Onde é?"

"Você sabe onde é."

Você não se dá ao trabalho de negar. Já passou em frente à casa dela muitas e muitas vezes. Todos os garotos da vizinhança sabem onde ela mora. Embora ainda falte uma hora para terminar seu horário de trabalho, você monta correndo na bicicleta e pedala forte.

Você escala o prédio dela com cuidado, passando do muro para o peitoril da janela e seguindo pelas bordas, tentando não ser visto. Quando você chega ao telhado, ela não diz nada, e você, pelo hábito adquirido nos muitos encontros mudos de vocês dois, continua calado também. Ela despe você e faz com que se deite estendido no telhado; depois, começa a tirar a própria roupa. Você vê o umbigo dela, as costelas, os seios, as clavículas. Observa-a expor o próprio corpo, absorvendo o choque que a nudez dela lhe causa. Uma coxa se flexiona quando ela se ajoelha. Um tufo de cabelo desliza por sua barriga. A menina bonita monta em você, e você fica imóvel, com os braços rígidos ao lado do corpo. Ela o cavalga devagar. Acima dela, você vê as luzes de um avião que voa em círculo, um par de estrelas cujo brilho consegue penetrar a poluição da cidade, fios elétricos formando linhas escuras em contraste com a claridade do céu noturno. Ela olha fixamente para o seu rosto e você retribui o olhar fixo, até que a pressão fica tão forte que você tem que desviar os olhos. Ela desmonta antes que você ejacule e termina o serviço com a mão.

Depois de se vestir, ela diz com um leve sorriso: "Estou indo embora".

Ela desce a escada e desaparece. Você não a beijou. Você nem sequer abriu a boca para falar.

No dia seguinte ela já se foi. Você fica sabendo disso bem antes de não cruzar com ela no caminho para o trabalho, pois o boato de que ela renunciou à própria honra e fugiu com o homem que a deflorou se espalha rapidamente pela vizinhança. Você fica arrasado. Você é o tipo de homem que descobre o amor através do pênis. Acha que a primeira mulher com quem você fez amor deve ser também a última. Felizmente para você, para suas perspectivas financeiras, a menina bonita pensa no segundo homem dela como aquele que veio entre o primeiro e o terceiro.

Há vezes em que as correntes que levam à riqueza conseguem puxar você na direção certa apesar de você bater perna e remar na direção oposta.

Certa noite, durante o jantar, sua mãe chama a menina bonita de vadia. Você fica tão zangado que sai da sala antes de terminar de comer seu ovo, sem perceber que no tom geral de censura da voz de sua mãe há um quê de melancolia, talvez até de admiração.

4. Evite os idealistas

Ideais, com certeza, transcendendo como transcendem os míseros seres humanos e depositando sentido em vastos conceitos abstratos, são por sua própria natureza antagônicos ao eu, não? Segue-se, portanto, que qualquer livro de autoajuda que advogue a adesão a um ideal provavelmente é uma farsa. Sim, existem inúmeros livros de autoajuda que fazem isso; e, sim, é possível que alguns deles consigam ajudar algum eu, mas, quase sempre, o eu que eles ajudam é o do autor, não o seu. Então, é bom manter distância deles, sobretudo se ficar podre de rico está no topo da sua lista de prioridades.

O que vale para livros de autoajuda vale também, inevitavelmente, para pessoas. Assim como é aconselhável evitar livros de autoajuda que propagandeiam idealismos, deve-se passar longe de pessoas que fazem o mesmo. Esses idealistas tendem a se concentrar em torno das universidades. Lá, encontram um ambiente receptivo, cheio de indivíduos jovens, impressionáveis, insatisfeitos e ambiciosos; indivíduos que, se fossem personagens de lendas antigas, em vez de homens e mulheres ainda cheios de espinhas e com hábitos insatisfatórios de higiene pessoal na Ásia contemporânea, estariam correndo em disparada para matar dragões e derrotar gênios da lâmpada; em outras palavras, indivíduos que dão forma corpórea ao termo otário.

Você próprio se envolveu, talvez como fosse mesmo de esperar, com alguns desses idealistas de universidade. Neste momento, você está sentado numa cama estreita e repleta de calombos num dormitório dominado por completo pelos membros de sua organização, como um quarteirão dominado por uma gangue. O líder do dormitório está fazendo a mala enquanto vocês conversam. Ele é um homem grande, não só alto, mas também largo, com pelos faciais abundantes e prematuramente grisalhos, e com feições achatadas como as de um boxeador.

"Onde?", ele lhe pergunta.

"Atrás do prédio de ciências espaciais."

"Quantos eram?"

"Quatro. Calouros, acho."

"E você tem certeza de que era haxixe?"

"Absoluta."

"A gente cuida disso quando eu voltar."

Vocês dois suam em bicas. Está faltando luz e, sem ventilador, o quarto já normalmente sufocante assa no calor como um forno de barro abastecido com carvão. Os mosquitos estão frenéticos, tendo entrado pela tela esburacada que agora só cobre parcialmente as janelas. Você dá um tapa num que estava se banqueteando no seu braço, enquanto o líder do dormitório põe uma pistola dentro da mala de lona que ele estava arrumando e fecha o zíper.

Seu pai fez questão de que você concluísse a escola secundária, apesar de você penar para acordar de manhã, depois de ter passado a noite entregando DVDs. Ele reconhecia que, na cidade grande, a virilidade estava ligada ao grau de instrução. Embora parrudo, seu pai tinha passado uma vida útil inteira a serviço de patrões que, se o mundo fosse um torneio de bandidos desarmados, ele teria surrado, amarrado e depenado em poucos minutos. Ele entendia que os patrões haviam se beneficiado de duas coisas que ele não tinha: escolaridade avançada e nepotismo desbragado. Não podendo proporcionar aos filhos a segunda, ele fez tudo o que podia para garantir que pelo menos um de vocês obtivesse a primeira.

No entanto, cursar uma universidade não é tarefa fácil para um jovem com uma formação como a sua. O nepotismo não se restringe a botar banca por aí na sua forma mais crua, do tipo "dê ao meu filho o que ele quer". Com frequência, ele usa disfarces mais inteligentes, como roupas boas, por exemplo, ou um sotaque. Apesar de suas médias acadêmicas anteriores e da familiaridade que você adquiriu através dos filmes com um amplo leque de estilos pessoais e afetações, não havia como fugir do fato de que você era filho de um empregado. Nenhum convite para uma *soirée* o aguardava na universidade, nem passeios em carros novos e lustrosos. Nem mesmo a possibilidade de fumar um cigarro na escada na companhia de meia dúzia de velhos amigos, pois nenhum aluno da sua escola conseguiu ingressar naquela instituição a não ser você.

Embora subsidiada pelo governo, sua universidade é extremamente ligada a dinheiro. Um pequeno pagamento e fiscais de prova se dispõem a fechar os olhos para a cola entre vizinhos de mesa. Mais um pouco e outra pessoa pode sentar no seu lugar e fazer a prova por você. Mais um pouquinho ainda e nem é preciso escrever nada: provas em branco recebem, por um milagre, notas fantásticas.

Então você deixou a barba crescer e se filiou a uma organização. Quando você sai com rapidez do quarto onde se reuniu com o líder do seu dormitório, outros alunos evitam olhar em seus olhos. Nenhum olhar de curiosidade é dirigido a você ou à sua bicicleta, um veículo incomum num campus onde quase todo mundo que não possui um transporte particular motorizado viaja de ônibus. O calor da cidade e a expansão urbana conspiraram para deixar a bicicleta em baixa entre os universitários. Mas você está acostumado com ela, graças a seu antigo emprego, e você valoriza o exercício.

Comparado com a maior parte de seus companheiros de organização, você leva os estudos bastante a sério. Também é mais forte e se assusta com menos facilidade, sendo, portanto, melhor de briga do que a maioria. Vários dos líderes da organização já estão para lá dos trinta e cinco anos e vêm sendo, para todos os efeitos, estudantes universitários há quase tanto tempo quanto você está vivo. Nesse aspecto, você não pretende seguir o exemplo deles. No entanto, gosta do nervosismo que sua presença agora instila em alunos mais ricos e em administradores corruptos.

Sua organização é, como todas as organizações, um empreendimento econômico. O produto que ela vende é poder. Cerca de trinta mil estudantes frequentam sua universidade. Quando unidos aos alunos de outras instituições espalhadas pela cidade, a capacidade que esses jovens têm de encher as ruas se torna formidável, uma demonstração de força diante da qual leis, políticas e discursos indesejados podem tremer. Partidos políticos procuram controlar essa força com ramificações dentro do campus, sendo a sua organização uma delas.

Em troca da filiação, você recebe um estipêndio mensal em dinheiro, comida, roupas e uma cama no dormitório. Recebe também proteção. Não só contra outros alunos, mas também contra funcionários da universidade, pessoas de fora e até contra a polícia. Pedalando pelas ruas da cidade agora, você sabe que não é um indivíduo pobre e isolado, presa fácil para os socioeconomicamente fortes, punível com uma bofetada por estar envolvido num acidente entre a sua bicicleta e um carro, mesmo que não tenha sido culpa sua. Não, você é parte de algo maior, algo justo. Algo que pode ser, se necessário, extremamente feroz.

Enquanto pedala, você vê a menina bonita num outdoor. Ela está fazendo propaganda de jeans. Posa como parte de um trio de jovens, composto de duas moças e um rapaz. Os outros dois estão apoiados nas costas um do outro e de lado para quem vê a foto, dando a você a impressão de serem um casal, enquanto a menina bonita caminha sozinha, talvez sinalizando que é solteira. Essa imagem gigantesca gera sentimentos conflitantes em você. Como sempre, você fica impressionado com a beleza da menina e feliz por ter essa oportunidade de vê-la. Ouviu rumores na vizinhança de que ela teria se separado do homem com quem havia fugido, e essa composição de coisas, que cria a impressão de que ela está disponível, deixa você contente. No entanto, você também sente uma ferroada de perda. O número do celular que você tinha dela foi cancelado logo depois que ela saiu de casa e, desde então, você não falou mais com ela nem a viu pessoalmente.

A menina bonita por fim conseguiu alugar um lugar para si, um quarto num apartamento que ela divide com uma cantora e uma atriz, ambas em situações parecidas com a dela. O gerente de marketing ficou para trás, e ela agora mantém um relacionamento intermitente com um fotógrafo, um sujeito de cabelo comprido que tem uma moto cara e é tido por algumas pessoas como bissexual. A menina bonita leva uma vida modesta trabalhando como modelo e manequim, tendo ainda que fazer o que na área dela é conhecido como "um nome". Naquele exato instante, tendo acordado há pouco e pulado o café da manhã e o almoço, ela está parada em frente à janela da sala de estar, tragando um cigarro mentolado e olhando para nuvens esparsas manchadas pela poluição.

Debaixo daquelas nuvens, você desce da bicicleta. Foi chamado por seu pai em casa porque sua mãe não está bem. Sua irmã está grávida de novo e, por isso, não pôde ir até lá, mas seu irmão e a mulher dele foram. O calombo horrendo no pescoço de sua mãe a deixa triste e envergonhada.

"Se não fossem os meus peitos, todo mundo ia achar que eu sou uma sapa", diz ela.

Apesar da doença, a intensidade do olhar da mãe não diminuiu. Infelizmente, já tinha se desperdiçado muito tempo. A saúde normalmente de ferro de sua mãe a predispunha a ignorar sintomas. Depois, um vizinho que vendia ervas medicinais em pó havia passado meses lhe dando os preparados dele, sem qualquer efeito positivo. O suposto médico então contratado iniciou um longo tratamento que só foi interrompido quando você descobriu, indo de surpresa até lá um dia para vê-lo administrar o tratamento, que consistia unicamente em injeções salinas e comprimidos analgésicos.

Seu pai suplicou auxílio à matriarca da família para a qual trabalha atualmente, uma viúva antes sovina que depois da morte do marido passou a praticar certa filantropia, e ela concordou em ajudar oferecendo a ida a um hospital particular.

A matriarca chega no carro dela e para em frente à sua casa. Não sai do carro nem abre a porta ao lado dela. Não abaixa a janela. Sua mãe e sua cunhada são instruídas a se sentar ao lado dela, no banco de trás, e seu pai, no banco da frente, com o motorista. Você e seu irmão viajam separadamente, de ônibus, e se encontram com eles na sala de espera do hospital.

"Por que eles estão aqui?", a velha pergunta a seu pai.

"Eles são meus filhos."

Essa resposta parece ter pouco impacto.

Seu pai acrescenta: "Esse daqui está na universidade. Ele vai entender o que o médico disser".

A velha analisa você, perscrutando a barba, as roupas. Ela se dirige a seu pai de novo: "Só um de vocês vai poder entrar".

"Ele", diz seu pai, indicando você.

A médica é uma mulher séria e gorducha, da faixa etária de sua mãe. O diagnóstico que ela dá depois de examinar sua mãe, e que é confirmado pelos resultados dos exames laboratoriais na segunda consulta da semana seguinte, é câncer de tireoide papilar. Ela explica que é um câncer quase sempre curável, se tratado nos estágios iniciais e de maneira adequada. No caso de sua mãe, a oportunidade de tratá-lo nos estágios iniciais já passou há muito tempo, mas a remoção cirúrgica da tireoide ainda pode oferecer esperança.

"Quanto isso vai custar?", a matriarca pergunta.

"Incluindo remédios, anestesia e recuperação?"

"Em quarto compartilhado."

A médica menciona uma quantia mais alta que o salário anual de seu pai.

"E se não fizer a cirurgia?", a matriarca pergunta.

"Ela morre."

A matriarca fica um tempo pensando. Você observa sua mãe. Ela mantém o olhar fixo num ponto diante de si.

"Está bem", diz a matriarca.

A médica silencia um celular que está tocando dentro do bolso do jaleco dela. "Depois vem o tratamento complementar. Hormônios, radioterapia."

"Isso será responsabilidade da família dela. É provável que só a cirurgia resolva o problema?"

"É possível."

"Ótimo."

"Mas o caso dela já está bem avançado. Normalmente, nós

fazemos aplicação de iodo radioativo algumas semanas mais tarde, depois…”

“Por favor, explique isso tudo à família dela.”

A médica sai da sala e faz isso. Seu pai olha várias vezes para você e, todas as vezes, você faz que sim com a cabeça. Ele está tão grato à matriarca por concordar em pagar a cirurgia que chega a ficar com os olhos cheios de lágrimas. Sorri, pisca os olhos e transfere o peso do corpo de um lado para o outro. Curva a cabeça para a matriarca várias e várias vezes, um gesto que parece um tique nervoso. Fazia muito tempo que você não via seu pai na presença de um dos patrões dele, desde que você era criança. Vê-lo daquele jeito deixa você incomodado.

Mas o que mais o impressiona é a expressão de sua mãe. Até aquele momento, ela vinha se recusando terminantemente a acreditar que não iria recuperar a saúde em breve.

“Não vai doer”, você sussurra para ela. “Eles vão botar a senhora para dormir.”

“Eu pari quatro filhos”, ela sussurra de volta. “Eu aguento a dor.”

Você sorri, mas só por um momento, porque olhando para ela você percebe que pela primeira vez ela está convicta de que a doença vai matá-la.

As relações entre você e seu pai têm andado tensas, pois ele desaprova sua barba e a organização a que você se aliou. Mas, nos dias que se seguem, ele passa a se apoiar muito em você. Há deferência no modo como ele observa você ouvir o que diz uma enfermeira, falar com um farmacêutico ou preencher um formulário de hospital. Ele nunca foi um homem de falar muito, mas, quando você era mais novo, ele era capaz de ser expressivo fisicamente, um modo de comunicação que ele retoma agora. Põe o braço em volta de você. Dá tapinhas nas suas costas. Passa a mão no seu cabelo. É prazeroso ser alvo desses gestos, embora seja estranho que o homem que os esteja fazendo tenha se tornado mais baixo que você.

Sua mãe é levada viva para casa depois da cirurgia. Está perplexa com a sua condição de ferida, como um soldado que levou um tiro, mas ainda não viu sangue algum. O trauma que o corpo dela suportou na sala de operação a deixa fraca e, como a extração da tireoide e dos gânglios linfáticos envolveu o desmantelamento de partes consideráveis do pescoço, ela sente dificuldade de falar. Está, portanto, duplamente desarmada, sem a sua vitalidade física e sem a sua língua ferina. E, quando não está exausta, fica aturdida e, às vezes, com raiva.

Sua família insiste em afirmar que tudo vai ficar bem, com ou sem radioterapia. Você finge concordar, mas também decide pedir dinheiro ao líder do dormitório. Ele acabou de voltar não se sabe de onde, pois é segredo, e você o encontra no quarto dele, reclinado no colchão manchado de suor, com meias furadas nos pés.

"Eu preciso de dinheiro", você diz.

"Saudação engraçada, companheiro."

"Desculpe. Minha mãe está doente."

"De quanto você precisa?"

Você diz o valor.

"Sei." Ele coça o queixo devagar.

"Eu sei que é muito dinheiro..."

"É muito dinheiro. Mas eu acho que a gente pode te ajudar."

"Obrigado."

"Você deveria levar sua mãe a uma de nossas clínicas."

"Nossas clínicas?"

"É." Ele observa você. Dá o que deveria ser um sorriso benevolente, mas o rosto dele permanece impassível. Você já o viu sorrir daquele jeito depois de quebrar o nariz de um homem.

"Ela foi tratada num hospital particular. É um hospital muito bom."

"Nossas clínicas são muito boas. O que ela tem?"

"Câncer."

"Eu vou dar uns telefonemas. Descobrir pra onde ela deve ir. Avisar a eles que vocês vão lá."

Você não é burro de discutir.

Nos fins de tarde, você vai de bicicleta para casa e fica lá com seus pais até a hora em que eles vão para a cama, tentar dormir. Como não quer que eles tenham despesa com sua alimentação, você continua hospedado no dormitório. Além disso, ser membro da organização é um trabalho pelo qual você é pago, ainda que modestamente, e no qual o seu desempenho é avaliado. Agora, em especial, é importante que você seja visto fazendo seu trabalho bem. Você vai às reuniões, lê os textos da organização e mantém os olhos e os ouvidos bem abertos, como foi instruído a fazer. Mas os seus pensamentos insistem em voar para sua mãe.

Mais tarde naquela semana, você tem a sorte de avistar de novo um grupo de alunos fumando haxixe às escondidas, num galpão atrás do prédio de ciências espaciais. Você informa ao seu líder, que fala para você acompanhá-lo até o local. Enquanto vocês caminham, ele olha em volta com prazer para os periquitos cabeça de ameixa que chilreiam no topo das árvores. Você desconfia que ele esteja armado.

Ele cumprimenta os fumantes. Eles são cinco e vocês são dois, mas eles parecem muito assustados.

"Isso não é bom, meus companheiros", diz o seu líder.

"O quê, senhor?", um deles pergunta. É um sujeito magro e desengonçado, com costeletas e uma mosca. Ele usa uma camisa que sugere um interesse por heavy metal.

O líder dá um tabefe na cara dele e continua a falar sem

elevar a voz: "Essas drogas são proibidas. Elas vão fazer vocês ficarem fracos. Vocês são rapazes inteligentes. Vocês já deviam saber disso".

Todos os cinco balançam a cabeça vigorosamente, fazendo que sim.

O seu líder abre os braços. "Isso não vai se repetir, certo?"

Ele recebe todas as garantias de que aquilo não vai se repetir.

No dia seguinte seu líder lhe dá a localização de uma clínica. Fica logo no entorno da cidade ou, pelo menos, do que atualmente se considera que seja a cidade, muito embora a urbanização às margens da estrada ligue aquele lugar à metrópole como o tentáculo de um polvo. Você e sua mãe fazem a viagem até lá de ônibus. A clínica é um prédio baixo, quase equivalente em área, mas não em altura, ao local de culto situado ao lado. A clientela da clínica é pobre e carente, e a própria clínica carece por completo dos computadores e do ar-condicionado do hospital particular. Aliás, das paredes e dos pisos limpos também.

O médico ao qual vocês são encaminhados examina sua mãe rapidamente, vê os resultados dos exames dela e balança a cabeça de um lado para o outro. "Nós não podemos ajudá-la", ele diz a você.

"Vocês não tratam câncer?"

"Às vezes. Cirurgicamente. Mas nós não fazemos aplicação de hormônios nem radioterapia."

"O que nós devemos fazer, então?"

"Vocês devem rezar. Está fora do controle de vocês. A tireoide foi retirada. Pode ser que ela fique bem."

Sua mãe fica calada o tempo inteiro, como ela tende mesmo a fazer ao interagir com profissionais da área médica. Eles são os únicos capazes de causar esse comportamento nela. O poder que têm de matar no futuro proferindo palavras misteriosas no presente lhe tira a autoconfiança e ela, uma mulher normalmente confiante, se ressente disso. Ela deseja impor resistência a eles, mas não tem ideia de como fazer isso.

Durante algum tempo, a condição de saúde dela não parece nem boa nem ruim. O corte da cirurgia cicatriza, escurecendo e engelhando sob a camada protetora de gaze que o recobre. Ela suporta estoicamente as dores de cabeça, quase sempre se recusando a admitir que as esteja sentindo, mas incapaz de mascarar totalmente em seus olhos os sinais do desconforto que elas causam. Também sofre contrações musculares, pequenos espasmos que causam leves rebuliços debaixo do xale dela, como peixes se alimentando sob a superfície de um lago. Por meio de investigações on-line feitas no centro de computação da universidade, você identifica esses espasmos como sintomas da deficiência do hormônio da tireoide.

Por fim, seu pai acaba indo implorar mais ajuda à patroa. Mas a matriarca explica a ele que a vida é uma longa série de doenças, que ela já ajudou a salvar a mulher dele, com muito sucesso e com um custo enorme, mas que ele não pode esperar que ela continue ajudando toda hora, pois onde é que isso iria parar, ela não é feita de dinheiro e, no fim das contas, como ela própria sabe de cadeira, certas coisas cabem ao destino, e nós podemos lutar, mas destino é destino, então seria melhor que ele e a família fizessem o que estivesse ao alcance deles, já que a responsabilidade é deles, afinal, e aceitassem que ela já lhes ajudou mais do que qualquer pessoa em sã consciência poderia esperar que ela ajudasse.

Nos meses que se seguem, o sofrimento de sua mãe é extremo, pois o câncer se alastrou pelos ossos e pulmões. Isso é acompanhado por uma transformação na aparência e na personalidade dela. Não só ela é dominada pelo medo, como fica espantada com o seu próprio apego obstinado à vida e com o fato de sua imaginação não conseguir conceber um fim digno. A morte dela, na ausência dos tratamentos paliativos modernos, é precedida de agonia, mitigada apenas em parte, nas duas últimas semanas, pela heroína que seu irmão arranja nas ruas e que o pai administra por meio de cigarros femininos, finos e de filtro longo, que sua mãe, arquejando, tenta tragar aos bocadinhos.

Sua irmã vem da aldeia para reconfortá-la. Nenhuma das duas mulheres havia pensado antes que sua irmã fosse a filha preferida de sua mãe, sendo essa honra sua, mas é à irmã que sua mãe recorre com mais naturalidade nessa fase, talvez por ela ser a filha mais velha, ou porque as duas são mulheres, ou porque sua irmã é a única dos filhos dela que também é mãe, e em sua irmã sua mãe nota ecos da própria mãe, que ela viu pela última vez quando a mãe tinha a mesma idade que sua irmã tem agora e sua mãe era uma menininha. No momento em que sua mãe para de viver, sua irmã está segurando as mãos dela, que parece um bebê lutando para conseguir respirar pela primeira vez enquanto faz a transição da vida aquática para a terrestre, mas na direção oposta, com os pulmões dela se enchendo de água e o ar jamais chegando.

Quando você e os homens de sua família carregam nos ombros o corpo de sua mãe envolto numa mortalha branca até o buraco poeirento que lhe servirá de túmulo, você se espanta com a leveza dela. A rapidez com que ela passou da robustez compacta à fragilidade efêmera foi tão estranha que parece quase sobrenatural. Pétalas de rosa são atiradas na cova, um incenso é aceso, súplicas são feitas a Deus e, então, aqueles de vocês que ainda estão vivos voltam às suas vidas.

Na universidade, membros de sua organização recomendam que você não se deixe abater demais pelo luto nem fique de luto por mais tempo do que o período prescrito. Eles dizem que agir de outra forma é rejeitar o que o destino decretou. Aconselham você a, em vez disso, concentrar suas energias nas tarefas que lhe são destinadas, reconhecer seus companheiros como sua verdadeira família e atuar por meio da organização para cumprir seu destino, como sua mãe cumpriu o dela. Essas sugestões, no entanto, lhe parecem ensaiadas e pouco convincentes; além do mais, no seu atual estado introspectivo e melancólico, seu apetite para a comida, a roupa e a sensação de pertencimento que a organização oferece, e também para a proteção que ela diz oferecer, diminui consideravelmente.

Seu líder começa a ficar de olho em você, depois pede aos companheiros em quem ele mais confia que prestem atenção em você também. Ele está preocupado com sua apatia e desânimo, com o leve tom de cinismo que você injeta nas conversas e reuniões. Você toma todo o cuidado para não provocá-lo intencionalmente, mas ele tem consciência da influência negativa que você começou a exercer quando acha que ele não está por perto. Não demora muito para que ele reúna provas suficientes para justificar que você seja repreendido de maneira severa e dolorosa, dado o temperamento explosivo dele, mas quando ele manda um emissário à sua procura para trazê-lo até ele, você já sumiu do mapa.

Seu pai ficou extremamente abalado com a morte de sua mãe, mas não quis nem ir para a aldeia com sua irmã nem passar um tempo na casa de seu irmão. Em vez disso, preferiu continuar a trabalhar, indo para a residência da matriarca pela manhã e voltando para casa à noite. Quando se muda para a casa dele, você não tem a intenção de ficar lá permanentemente, mas, conforme os dias vão passando, você não demonstra nenhum interesse em retomar os estudos e, algum tempo depois, começa a procurar trabalho.

Certa tarde, quando está indo de bicicleta procurar emprego, você avista o que lhe parece ser um rosto familiar dentro de um carro pequeno e maltratado que está parado diante de um sinal vermelho. Você olha mais de perto e confirma a sua suspeita: sim, é a menina bonita. Ela está sentada no banco do motorista, sozinha, o rosto coberto por uma grossa camada de maquiagem depois de uma sessão de fotos. Você sorri e acena, mas ela não vê você ou, se vê, não o reconhece e, quando o sinal abre, arranca com o carro e vai embora.

Talvez não seja logo naquela tarde, mas com certeza é naquela semana que você se senta na cadeira de um barbeiro da vizinhança e pede a um velhinho enrugado, com hena no cabelo e uma navalha na mão, que finalmente lhe raspe a barba.

5. Aprenda com um mestre

Para ser eficiente, um livro de autoajuda requer duas coisas. A primeira é que a ajuda que ele oferece de fato ajude. Óbvio. E a segunda, sem a qual a primeira é impossível, é que o eu que ele está tentando ajudar tenha uma ideia de qual é a ajuda de que ele precisa. Em outras palavras, para que a nossa parceria funcione, você precisa se conhecer bem o bastante para entender o que você quer e aonde quer chegar. Livros de autoajuda são vias de mão dupla, afinal. São relacionamentos. Então, seja honesto e faça a si mesmo a seguinte pergunta: ficar podre de rico ainda é seu principal objetivo na vida, a meta que está acima de todas as metas, a sua aspiração suprema, o lago envolto em névoa no alto da montanha onde o seu salmão interior pretende desovar?

No seu caso, felizmente, parece que sim. Porque você passou os últimos anos dando o próximo passo essencial, aprendendo com um mestre. Muitas habilidades, como todo empreendedor de sucesso sabe, não têm como ser ensinadas na escola. Elas exigem prática. Às vezes, uma vida inteira de prática. E, no que se refere a ganhar dinheiro, nada reduz mais o intervalo de tempo necessário para saltar da pobreza do tipo "deixar minha bosta ali mesmo até chover" para a abastança do tipo "quais dos meus banheiros será que devo usar?" do que um período de aprendizado com alguém que já saiba todas as manhas.

O mestre aos pés do qual você metaforicamente se ajoelha é um homem de meia-idade que tem os dedos compridos de um artista e, nas orelhas, os tufos de pelo branco de um primata resistente a parasitas letais que atacam os tímpanos. Ele sorri com facilidade, mas dificilmente ri e, embora a pele dos seus braços musculosos tenha começado a ficar flácida, os tendões continuam flexíveis. É dono de vários carros de segunda mão, nenhum deles grande o bastante para chamar atenção, e costuma ser visto sozinho no banco de trás, imerso num jornal, enquanto um motorista e um segurança de olhos atentos viajam na frente. Ele próprio não sabe dirigir, tendo alcançado a prosperidade tardia e repentinamente, mas, em compensação, dispõe de outros talentos mais lucrativos, tais como uma fantástica habilidade com números e uma enorme sensibilidade para fontes tipográficas.

Ele agora está sentado numa sala pequena e sem janela na fábrica dele, uma casa art déco que foi transformada sub-repticiamente numa instalação fabril, o muro externo construído para propiciar isolamento de forma idêntica ao das residências particulares vizinhas. Apesar do sucesso dele, ou melhor, você concluiu, alicerçando esse sucesso, ele próprio supervisiona a contagem do próprio dinheiro.

Você está na fila, esperando sua vez, com os bolsos abarrotados de dinheiro e de pedaços de papel contendo mensagens mnemônicas escritas com garranchos tão ilegíveis que é praticamente como se elas fossem cifradas. Quando o contador dele faz um gesto com a cabeça para você se aproximar, você entrega sua renda e apresenta oralmente seu relatório, sendo ambos comparados com os números anteriores e com os registros de estoque.

"As vendas aumentaram", você conclui.

"Como as de todos", o contador desdenha.

"As minhas mais que a maioria."

Seu mestre e patrão menciona um de seus fregueses. "Mês passado você disse que ele não acreditava que teria mercado para atum."

Você faz que sim com a cabeça. "Foi o que ele disse."

"O que mudou?"

"Eu dei algumas latas de graça pra ele."

"Nós não damos nada de graça."

"Eu paguei pelas latas. Do meu bolso."

"Sei. E aí?"

"Ele vendeu as latas. Rapidamente. Agora ele acredita."

O contador insere alguns números no laptop dele. Seu patrão examina o resultado. Ele resmunga e o contador lhe devolve uma pequena parte das notas que você trouxe. Essa é a sua recompensa, determinada pela soma de um salário-base com uma comissão percentual e um incentivo variável, baseado em como seu patrão sente que os negócios estão indo e que você está indo nos negócios. Você tenta estimar a quantia pela grossura do bolo e as cores das notas que o constituem enquanto o enfia dentro do bolso. Vai contá-lo mais tarde.

Você está de saída quando o seu patrão o chama para ir de carro com ele, um convite incomum e preocupante. Você o segue até o carro, onde ele saca o telefone e faz uma ligação enquanto fala para o motorista seguir. O segurança dele observa você atentamente pelo espelho retrovisor.

Seu patrão conversa ao telefone num dialeto rural que ele não tem consciência de que você, que ele presume ser um rapaz da cidade, entende perfeitamente. Mesmo que soubesse disso, porém, seu patrão não se importaria. Ele emprega o dialeto não para ter privacidade, mas porque o dialeto deixa o fornecedor com quem ele está falando à vontade. O patrão passou algum tempo em várias das cidadezinhas da região que forma a hinterlândia econômica de sua metrópole, e essa habilidade camaleônica de adequar a fala dele ao ambiente que o cerca já lhe foi vantajosa muitas vezes. Ele provavelmente sentiria orgulho disso, se fosse o tipo de homem que se orgulha dessas coisas. Mas é prático demais para isso.

Você fica em silêncio enquanto ele discute longamente movimentos de estoque e datas de entrega. O carro se aproxima dos arredores da cidade, passando pela terra desencavada e pelos montes lineares criados por imensos projetos habitacionais de classe média. Fileiras de postes de eletricidade se erguem em diferentes estágios de conclusão, alguns nus, outros ligados por cabos retesados, de vez em quando um com fios pendurados até o chão.

Quando desliga o telefone, seu patrão lhe pergunta o que você acha de um colega seu.

"Eu acho que ele é bom", você diz.

"O melhor?"

"Um dos melhores."

"Ele estava roubando de mim?"

Todo mundo rouba, pelo menos um pouco. Mas você diz: "Ele não é maluco".

"Onde ele estava hoje?"

"Eu não encontrei com ele hoje."

Ele bufa. "Nem vai encontrar mais."

A frieza do tom do patrão é como a de uma lâmina cortante. Você mantém a voz calma. "Está bem, senhor."

"Você me entendeu?"

"Entendi."

O carro para e seu patrão faz um gesto indicando que é para você descer. Você desce e estaca. Imagina o segurança olhando fixamente para suas costas. Não faz nenhum movimento brusco e mantém as mãos bem à vista. Só depois que o carro arranca é que você se vira. Fica parado na beira da estrada, esperando no calor que um ônibus passe.

Na viagem de volta, você se vê esmagado contra uma janela pelo corpanzil de um agricultor gordo e obviamente próspero, cujo clã fez há pouco tempo a primeira de uma lucrativa série de vendas das terras pertencentes à comunidade para uma montadora de geladeiras que queria expandir seu armazém. Ele está usando um relógio banhado a ouro e um grosso anel de ouro incrustado com três rubis brutos da cor preta avermelhada de sangue coagulado. Ele ainda não tem um carro, mas isso, é claro, vai mudar.

Sua cidade é enorme, sendo o lar de mais pessoas do que metade dos países do mundo, às quais se soma, a cada poucas semanas, uma população equivalente à de uma pequena república instalada numa ilha tropical com praias de areia branca; uma população que chega, no entanto, não em canoas nem em catamarãs, mas a pé, de bicicleta, de lambreta e de ônibus. Um anel rodoviário de acesso restrito está sendo construído ao redor do lugar, formando um cinturão para além do qual a pança urbana da cidade já começa a se estufar e a partir do qual rampas se elevam e se arqueiam em todas as direções. O ônibus segue à toda à sombra desses monumentos, novas artérias poeirentas alimentando essa cidade que, apesar de imensa, é apenas uma entre muitos outros órgãos semelhantes que latejam no abdômen da Ásia emergente.

Você chega em casa à noitinha. Lava o corpo com sabonete, usando um balde de plástico para pegar água de uma torneira insuportavelmente avarenta, depois veste a calça preta, a camisa branca e a gravata-borboleta de clipe que um ex-colega de escola que trabalha como garçom para uma empresa de catering lhe arranjou, juntamente com um cartão de acesso feito de plástico. Você está alvoroçado e nervoso, mas fica satisfeito com sua aparência quando se vê no espelho de sua motocicleta, achando que sua roupa sugere riqueza e classe.

Seu colega o encontra, como combinado, em frente à entrada de serviço de um clube privado que naquela noite está sediando um desfile de moda em dois pavilhões montados num extenso gramado. Vocês dois são revistados à procura de armas por um porteiro uniformizado que brande com um detector de metais portátil com uma argola na ponta, depois instruídos a seguir adiante com gestos perfunctórios. O colarinho da camisa que você está usando é apertado demais para seu pescoço e começou a arranhar a pele da garganta quando você engole, mas você ignora o desconforto. Só pensa na menina bonita.

Como não tem permissão para entrar no pavilhão onde está a passarela, você espera no pós-festa, ou melhor, no pós-recepção, já que o verdadeiro pós-festa, do qual você não tem nenhum conhecimento, está marcado para bem mais tarde na casa do estilista cujo trabalho está em exposição. Lá, no segundo pavilhão, temporariamente equipado com bares, mesas e suntuosas salas de estar semirrecônditas, você perambula, na esperança de que ela apareça, com uma bandeja de drinques na mão esquerda — equilibrada com precariedade, é preciso acrescentar, pois você nunca fez isso na vida.

A essa altura, a menina bonita é alguém de certo peso no métier dela, ainda que seja estranho usar esse termo em relação a uma profissão caracterizada por favorecer um tipo físico em que menos é mais. Ela não chega a ser uma modelo de primeiro escalão, mas é bastante conhecida entre fotógrafos, estilistas e outras modelos, bem como entre leitores de suplementos dominicais recheados de fotografias dos jornais locais, um grupo no qual, em virtude de seu infindo desejo de vê-la, você frequentemente se insere. Ela ganha o suficiente para bancar um apartamento só para si, um carro modesto, mas confiável, e uma empregada que dorme no emprego e sabe cozinhar, o que significa que ela ganha tanto quanto um gerente de banco da idade dela e talvez duas vezes mais que você, mesmo sem levar em conta os presentes que recebe de seus admiradores, um grupo numeroso e de alta rotatividade.

Ela adentra agora o recinto ao lado de um desses cavalheiros — o filho bonitão, embora tenha desabrochado tarde e seja agressivamente inseguro, de um magnata da indústria têxtil —, conseguindo andar como se deslizasse de um jeito furtivo e sensual mas, ao mesmo tempo, mantendo a linha do queixo perfeitamente paralela ao chão, criando assim um efeito de carnalidade imperiosa que está muito em voga naquele ano.

Você não sabe como atrair a atenção dela e, por um momento, é invadido pelo desespero, achando que aquela aventura foi uma grande tolice e está fadada ao fracasso. Mas a menina bonita está alerta como sempre, apesar do ar blasé, e nota o homem de vinte e tantos anos que olha para ela fixamente e parece ter algo de familiar. Ela retribui o seu olhar na mesma hora. Desvencilhando-se do companheiro, ela se aproxima de você.

"É você?", ela pergunta.

Você faz que sim e se vê pego num abraço. O corpo dela inteiro se encosta no seu, o que o deixa constrangido, por se tratar de um lugar público, mas também eufórico. O toque dela relembra um telhado enluarado. Quando ela lhe dá um beijo na bochecha à vista de todas aquelas centenas de pessoas, você fica se perguntando se é possível que ela ainda goste de você.

"Eu não acredito", ela diz.

"É incrível."

"Então você é garçom agora?"

"Quê? Não... eu só peguei isso emprestado."

Ela sorri.

"Eu estou no ramo empresarial."

"Parece meio misterioso."

"Eu trabalho com vendas, na verdade. Estou ganhando muito dinheiro."

"Fico feliz em saber."

Ela olha ao redor rapidamente. Vocês dois estão atraindo um interesse considerável, porque não é comum um encontro tão entusiasmado entre uma modelo e um garçom, e também porque você está quase deixando a sua bandeja cair. A menina bonita não tem receio de causar alvoroço, mas tem consciência do abismo social que existe entre vocês e das perguntas que talvez estejam começando a se formar na cabeça dos colegas e clientes dela.

"Escuta", ela diz, "larga essa bandeja e vem comigo."

Ela o conduz até o pavilhão principal, passa ao lado da passarela agora abandonada e segue em direção à saída dos fundos, balançando a cabeça para um segurança que barra seu caminho. Acena para um grupinho de pessoas do mundo da moda, mas, tirando isso, vocês dois estão sozinhos sob o céu sem estrelas. Uma brisa quente, com um leve perfume de óleo diesel, agita suas roupas. A menina bonita acende um cigarro e examina você.

"Você cresceu", ela diz.

"Você também."

"Você continua vendo filmes?"

"Não muitos. Só às vezes."

"Eu sou viciada. Durmo na frente do aparelho de DVD toda noite."

"Toda noite?"

Ela levanta uma sobrancelha e dá um sorriso inescrutável. "Não toda noite, mas muitas vezes. Quando eu estou sozinha."

"Eu moro com meu pai. Quer dizer, ele mora comigo. Mas eu tenho meu próprio quarto agora."

"Você se casou?"

"Não. E você?"

Ela ri. "Não. Eu não sei se sou o tipo de mulher com quem os homens se casam."

"Eu me casaria com você."

"Você é um amor. Talvez eu quisesse dizer que não sei se sou o tipo de mulher com quem os homens devam se casar."

"Por que não?"

"Porque eu mudo muito."

"Todo mundo muda."

"Quando eu mudo, eu me permito mudar de verdade."

"Eu sei. Você queria sair do nosso bairro e conseguiu. Você ficou famosa."

"E você?"

"Eu quero ficar rico."

Ela ri de novo. "Simples assim?"

"É."

"Bom, me avisa quando você conseguir."

"Pode deixar. Mas eu não tenho mais seu número."

Ela lhe entrega o celular dela e você liga para si mesmo, deixando tocar duas vezes e gravando o número com o nome dela. A brasa do cigarro dela chegou ao filtro.

"Eu preciso entrar", ela diz.

"Eu vou te ligar."

"Eu sei. Se cuida."

Ela lhe dá outro beijo na bochecha, apoiando a mão no meio das suas costas. Você sente o peito dela roçar de leve no seu e, então, ela vai embora.

Quando volta para o mundo dela, a menina bonita sente que o encontro com você minou um pouco a sua pose. Você é como uma memória viva e ela, que resiste ferrenhamente às lembranças do passado, sofreu um abalo ao vê-lo. Embora tenha evoluído na década que se passou desde a última vez em que vocês dois se viram, sua maneira de falar ainda conserva as cadências do modo como a menina bonita também já falou um dia; mais do que as cadências, conserva também as perspectivas, os pontos de vista da vizinhança à qual ela um dia pertenceu, uma vizinhança da qual ela se sente aliviada de ter escapado e para a qual não quer voltar nem por um momento, nem de passagem. Ela tenta se concentrar em seu par, o herdeiro do magnata da indústria têxtil, mas fica desatenta a princípio, como se não estivesse totalmente presente, e isso a assusta a ponto de ela fazer um esforço consciente e, no fim, bem-sucedido para não devanear.

Você liga para ela naquela noite, mas ela não atende. Tenta novamente no dia seguinte, com o mesmo resultado. Mais para o fim da semana, ela finalmente atende uma ligação sua, mas está distraída, ocupada se preparando para uma sessão de fotos. Depois disso, quando acontece de você conseguir falar com ela, às vezes vocês conversam brevemente, mas ela sempre está ocupada quando você sugere um encontro. Você fica confuso com isso e pondera qual seria a melhor forma de proceder. Não conhece muito bem as mulheres, mas entende bastante de vendas, e está claro para você que esse é um caso em que você tem que deixar o cliente procurá-lo, para não desvalorizar completamente o seu produto. Então, você espera. E ela liga para você. Não com muita frequência. Nem mesmo todo mês. Mas liga às vezes, geralmente tarde da noite, depois de ver um filme, com uma voz lânguida de sono e talvez levemente bêbada também, e fala com você com suavidade durante alguns minutos maravilhosos, do conforto da cama dela. Não o convida para ir à casa dela nem propõe um encontro em algum outro lugar, mas mantém contato com você e com a sua vida, e isso, embora às vezes lhe doa no íntimo, também lhe dá certa esperança.

No trabalho, você participa da disputa pela freguesia do ex--colega. Um cliente em potencial rejeita os seus avanços, mas você internalizou o princípio da perseverança e, por isso, faz outra visita a ele na estação seguinte. O homem em questão gerencia uma loja numa área residencial outrora cobiçada, próxima a um túmulo muito reverenciado, mas agora asfixiada por engarrafamentos de dia e perfumada de maconha à noite.

Você chega na sua moto, com uma bolsa pendurada a tiracolo, a correia enviesada no peito como uma cartucheira. O seu alvo está atrás da caixa registradora.

"Eu não estou interessado", diz ele.

"Você estava antes."

"O que aconteceu com o outro sujeito?"

"Eu assumi o lugar dele."

"Eu não confiava nele."

"Você deveria estar contente, então."

"Também não confio em você."

Ele grita com o assistente dele, que acabou de derrubar uma pilha de caixas de cereais. Você dá uma olhada nas prateleiras. Elas estão abastecidas com um misto de mercadorias estrangeiras e domésticas, produtos alimentícios na maioria, mas também materiais de limpeza, lâmpadas, cigarros e, inesperadamente, dois aparelhos de ar-condicionado fora da embalagem.

Você aponta para eles. "Você vende ar-condicionado?"

"São usados. Tem demanda por eles."

Você abre a sua bolsa e começa a enfileirar lentamente meia dúzia de latas e potes em cima do balcão, pousando cada um deles sobre o tampo com uma pancadinha. "Atum." Pá. "Sopa." Pá. "Azeitona." Pá. "Molho de soja." Pá. "Ketchup." Pá, pá, pá. "Suco de lichia." Pá. "Tudo importado."

"Eu já tenho tudo isso."

"Eu sei. É por isso que eu estou mostrando esses produtos pra você. Quanto você está pagando por eles?"

Ele olha para você com asco. "Me diz uma coisa: por que vocês vendem mais barato?"

"Nós somos uma firma grande."

Ele dá um risinho debochado. "Vocês? Sei."

"O nosso dono tem contatos na alfândega. Ele consegue passar as coisas sem pagar imposto."

"Todo mundo faz isso."

"Por que você não quer fazer um bom negócio?"

"Porque eu não gosto de bons negócios que eu não entendo."

"Não é produto roubado."

"Eu não vou comprar."

"É sério, não é roubado."

"Você acha que eu sou surdo?" Ele cospe no chão perto do seu pé. "Sai daqui."

"Não há motivo pra…"

"Vai embora, filho da puta, desgraçado."

Você fica olhando para ele, para a pança imensa que ele tem, a boquinha frágil, os pulsos fracos, fáceis de quebrar. Mas você também nota que ele mantém a mão direita debaixo do balcão, escondida. E percebe que alguns fregueses da loja começam a reparar, que o assistente está parado na entrada, que transeuntes estacam do lado de fora. Multidões se formam com muita rapidez nesses tempos instáveis, e multidões podem ser impiedosas. Você mantém a sua posição por um momento. Depois, sufoca a raiva, põe os produtos de volta na bolsa e sai sem dizer mais uma palavra.

"Eu sei muito bem como é a mutreta de vocês", ele grita na sua direção.

Você tenta não ficar pensando nesse incidente enquanto volta para casa de moto, no anoitecer tranquilo e enevoado. Vocês vendem barato porque seu patrão compra produtos recém-vencidos a preços irrisórios, apaga a data de validade da embalagem e imprime uma data posterior no lugar. Isso não é tão simples quanto parece, pois existem alguns macetes para se conseguir remover tinta sem deixar vestígios e o processo de impressão exige uma enorme atenção para detalhes. Como os produtos têm, de fato, margens de segurança embutidas e a rotatividade dos estoques na cidade costuma ser alta, de modo geral o risco de consumir o que vocês vendem é limitado. Vocês simplesmente estão aumentando a eficiência do mercado, garantindo que mercadorias que de outra forma seriam desperdiçadas encontrem compradores a preços reduzidos. Você nunca teve notícia de que ninguém tivesse morrido por causa disso.

Seu trabalho é bem diferente da profissão simples de seu pai, mas, apesar dos receios, você não trocaria de lugar com ele, nem quando ele estava na flor da idade e ia e voltava da casa do patrão geralmente de bom humor e com boa saúde, nem muito menos agora, quando ele se cansa com facilidade e não aguenta ficar mais do que uma hora seguida de pé na cozinha. Ele conseguiu emprego com um casal que voltou do exterior e não gosta de ter empregados em casa. Dia sim, dia não, ele vai ofegando até a casa deles, chega lá quando eles estão saindo para o trabalho, cozinha e congela refeições para duas noites para os dois e pega um ônibus de volta para casa por volta do meio-dia. À tarde e em dias alternados, ele se recupera do esforço.

Vocês dois se mudaram para uma moradia ligeiramente maior, e você disse a seu pai que ele não precisava mais trabalhar para ganhar dinheiro. Mas ele não quer ser um fardo e, além disso, acredita que estar empregado é o estado natural de um homem. Ele faria mais se pudesse, mas não pode.

Seu pai sofre do coração, tanto literal quanto figuradamente.

Sente uma saudade profunda de sua mãe, desejando-a ainda mais depois que ela morreu do que enquanto estava viva. Além disso, os genes dele e as comidas repletas de colesterol que ele preparou e comeu durante décadas em casas de pessoas ricas conspiraram para lhe dar ataques recorrentes de angina. O dano causado ao tecido muscular é irreversível a essa altura e, embora os espasmos realmente dolorosos sejam breves, não há como escapar da pressão no peito e da falta de ar.

A fé do seu pai é forte e idiossincrática, manifestando-se em orações, visitas a templos, músicas religiosas e versos sagrados escritos em pedaços de papel e usados como amuletos. Todas essas coisas o confortam. Ele teme a morte, mas não terrivelmente, e espera a oportunidade de se reencontrar com a sua amada da mesma forma que certas moças esperam — com um nervosismo que não chega a exceder o desejo — pela perda da virgindade.

Você o encontra deitado na cama dele, ouvindo uma voz minúscula, mas cheia de alma cantar num rádio de pilha, porque está faltando luz e não há como ligar a televisão. Ele está coberto com um xale, apesar do calor, e com a testa levemente suada. Você lhe traz um copo d'água e se senta ao lado dele, e ele alisa sua mão, a palma calejada da mão dele rugosa e quase macia. Ele sussurra uma bênção e a solta no ar, espalhando as esperanças dele para você com uma contração dos pulmões.

6. Trabalhe para si mesmo

Como todos os livros, este livro de autoajuda é um trabalho de criação conjunta. Quando você assiste a um programa de televisão ou a um filme de cinema, o que você vê se parece com o que as imagens representam fisicamente. Um homem se parece com um homem, um homem com bíceps enormes se parece com um homem com bíceps enormes e um homem com bíceps enormes tatuado com a palavra "mamãe" se parece com um homem com bíceps enormes tatuado com a palavra "mamãe".

Mas, quando lê um livro, o que você vê são rabiscos pretos numa superfície de pasta de madeira ou, cada vez mais, pixels escuros sobre uma tela clara. Para transformar esses símbolos em personagens e acontecimentos, você precisa imaginar. E quando imagina, você cria. É ao ser lido que um livro se torna um livro, e em cada uma das milhões de leituras diferentes, um livro se torna um entre milhões de livros diferentes, da mesma forma que um óvulo se torna uma entre milhões de pessoas em potencial quando é abordado por um cardume de espermatozoides bons de nado e cheios de energia.

Leitores não trabalham para escritores. Trabalham para si mesmos. É aí que reside, se você me perdoa o tom confessamente tendencioso, a riqueza da leitura. E é aí também que reside uma dica para encontrar riqueza em outras áreas. Porque se você realmente quer se tornar podre de rico na Ásia emergente, como nós parecemos ter concluído que você quer, mais cedo ou mais tarde você terá que trabalhar para si mesmo. Os frutos do trabalho são deliciosos, mas não são particularmente nutritivos em separado. Então, não compartilhe os seus e morda os dos outros sempre que puder.

No seu caso, você abriu um pequeno negócio, um burrinho de carga no estrepitoso rebanho econômico que banqueiros e formuladores de políticas chamam de pequenas e médias empresas. Seu negócio está instalado numa moradia de dois cômodos alugada que um dia você dividiu com seu pai. Os dois cômodos lhe pareciam um luxo merecido quando ele estava vivo. Agora, se não fossem as necessidades de sua empresa, eles lhe pareceriam um desperdício e, além disso, um espaço desconcertante, pois, embora seja um homem de seus trinta e tantos anos, você só foi apresentado há pouco aos tipos de silêncio que existem numa casa com um único ocupante e, emocionalmente, você vagueia cambaleante por essa nova realidade como um marinheiro que voltou para a terra firme depois de décadas no mar.

Daqui a pouco vai amanhecer. Você está sentado sozinho na beira de uma cama onde antes dormiam seus pais, esfregando os olhos e espanando os sonhos da cabeça enquanto ouve um galo tarado da vizinhança cocoricando na gaiola no alto do telhado. Você toma café da manhã num quiosque decorado com logotipos de uma marca internacional de refrigerante, bebericando chá e afundando os dedos num prato de grão-de-bico. Você é conhecido por vários dos homens à sua volta, que o cumprimentam fazendo um aceno com a cabeça, mas não é chamado para participar de nenhuma das conversas que estão se desenrolando. Não importa. A sua cabeça está no dia de trabalho que o aguarda e, enquanto mastiga e engole, você mal nota o bode amarrado perto dos seus pés, com um topete cheio de estilo, alourado com água oxigenada, nem o besouro do tamanho de um dedão, cheio de cicatrizes de combate, seguindo sinuosamente rumo a uma promissora carcaça de gato.

Você usou os contatos com varejistas que estabeleceu durante os anos em que trabalhou como vendedor de produtos expirados com data de não expirados para entrar no ramo de água engarrafada. As tubulações maltratadas de sua cidade estão rachando, o conteúdo de dutos subterrâneos e esgotos estão se misturando e, como resultado, torneiras tanto em localidades ricas quanto pobres expelem líquidos que, embora sejam a maior parte das vezes claros e com frequência inodoros, contêm infalivelmente níveis detectáveis de fezes e micro-organismos capazes de causar diarreia, hepatite, disenteria e febre tifoide. A parte menos endinheirada da população fortalece seu sistema imunológico bebendo água à vontade, às vezes sofrendo perdas no processo, sobretudo entre seus membros mais jovens e mais frágeis. Já os mais abastados passaram a tomar água engarrafada, que você e os seus dois empregados estão ansiosos para fornecer.

Seu quarto da frente foi transformado num misto de oficina e depósito. Lá se encontram, em sequência, um cano que traz água da torneira, uma bomba de água auxiliar para aumentar a pressão da água que vem da rua e cujo uso é proibido, um tanque de armazenamento azul do tamanho de um filhote de hipopótamo, uma bica de metal, uma panela com tampa, um fogareiro com bujão de gás para ferver a água, coisa que via de regra você faz por quinze minutos, um funil com crivo de algodão para remover impurezas visíveis, uma pilha de garrafas de água mineral usadas, mas bem preservadas resgatadas de restaurantes e, por fim, um par de máquinas simples que fixam tampinhas resistentes à violação e lacres de segurança transparentes no topo do seu produto falsificado.

Você está inclinado sobre o ombro do seu técnico enquanto ele realiza uma experiência.

"Isso fede", você diz.

Ele dá de ombros. "É combustível."

"Vai fazer a nossa água ficar com cheiro de peido molhado de moto."

Ele diminui a chama. "E agora?"

"Fuligem demais. Desliga isso."

Você olha para o fogareiro portátil a gasolina que ele pegou emprestado, feito de metal fosco e redondo como a base de um projétil de artilharia. A escassez de gás natural mais uma vez paralisou sua produção. Se tivesse funcionado, a gasolina poderia ter sido um quebra-galho economicamente viável. Mas não funcionou. Então, você tenta pensar em outras opções enquanto mexe no cordão em volta do pescoço, tateando a chave do seu quarto, onde se encontram a sua lista de clientes, o seu livro de contas, uma pequena pilha de dinheiro e um revólver sem licença com quatro balas no tambor.

Seu técnico coça o sovaco, pensativo. "Talvez seja melhor desistir de ferver água hoje", ele sugere.

"Não. Se a gente não ferve, a gente não vende." Você sabe que a qualidade é importante, principalmente em se tratando de produtos fajutos. As lojas parariam de comprar se os fregueses começassem a ficar doentes.

Seu técnico não questiona a sua decisão. Ele é mecânico de bicicleta por formação e não tem prática nas nuances do mundo dos negócios, razão pela qual ele trabalha para você, e também porque, como pai de um trio de menininhas e filho caçula de um pedreiro autônomo que morreu por ter dormido ao relento numa idade muito avançada, ele dá grande valor a uma fonte de renda estável.

Se, fugindo ao comportamento que lhe é característico, seu técnico o pressionasse a reconsiderar, você provavelmente reagiria ficando em silêncio e esperando que o silêncio se tornasse constrangedor o bastante para que o técnico olhasse na sua direção. Então, você olharia nos olhos dele e o encararia até que ele desviasse o olhar para o chão e curvasse mais as costas, gesto que, tanto em grupos humanos quanto em matilhas de cães, significa a submissão de um mamífero a outro. Felizmente, porém, é pouco provável que você lhe cheirasse o ânus ou lhe inspecionasse os órgãos genitais.

Seu entregador chega, anunciando a boa-nova de que um armazém vizinho vai recarregar botijões de gás durante uma hora naquela tarde, dali a algumas horas, e trazendo consigo também aromas de comida, rolinhos de pão frito recheados, suando os pedaços de jornal em que estão embrulhados até deixá-los translúcidos. Vocês três comem juntos num clima de companheirismo, conversando como irmãos, o que de certa forma vocês são, já que os dois são membros do seu clã, parentes distantes ligados por laços de sangue; então, sim, como irmãos, só que, claro, quando você diz para esses irmãos comerem rápido, eles têm que obedecer e obedecem.

Depois da refeição, você toma o rumo do armazém para entrar na fila. O seu veículo é uma minipicape mais velha do que você, cuja carroceria está esburacada num intricado filigrana de ferrugem, mas cujo barulhento motor de dois tempos foi recauchutado e é confiável. Você está num cruzamento quando seu celular toca. Vendo de quem é a ligação, você encosta a picape, desliga o motor e atende.

"Você pode jantar comigo?", a menina bonita pergunta.

A voz dela transforma a sua percepção geográfica, deixando as suas cercanias imediatas menos palpáveis.

"Posso", você responde.

"Você não precisa saber quando?"

"Ah, é. Quando?"

"Hoje à noite."

Você sorri ao ouvi-la sorrir. "Foi o que eu pensei."

"Eu estou na cidade. Você pode vir ao meu hotel."

Naquele fim de tarde, você corta o cabelo, optando por um estilo bem rente, que, segundo o barbeiro, não só é a febre do momento, como fica muito bem num homem tão em forma como você. Você compra uma calça jeans justa por um preço astronômico e um casaco de nylon com as palavras "carne humana" nas costas numa butique em frente à qual há vários carros impressionantes estacionados. Em casa, você conclui que a calça jeans é curta demais e corre para trocá-la por outra mais comprida, mas a vendedora o examina de cima a baixo e, sem interromper a conversa virtual que está tendo no computador da loja, se recusa a fazer a troca com a justificativa de que você arrancou as etiquetas.

Você decide usar a calça assim mesmo, mas deixando o primeiro botão aberto, escondido debaixo do cinto, e puxando-a mais para baixo sobre o quadril. A calça aperta a sua carne, formando um pequeno pneu, uma minibarriga, e você se pergunta se foi um erro comprá-la. Gastar uma quinzena da sua renda em duas peças de roupa parece de fato um exagero absurdo, mas você já está ficando atrasado e precisa ir correndo para o encontro.

O hotel é o mais privativo da cidade. Sua ala mais antiga está temporariamente fechada e rodeada por andaimes desde que um enorme caminhão-bomba quebrou janelas e iniciou um incêndio lá dentro, mas a ala nova, que fica mais afastada da rua, já foi repintada e reaberta.

Depois do ataque, dada a importância do hotel como local de reunião de políticos, diplomatas e homens de negócios e dada também a sua significação como posto avançado de uma das principais cadeias hoteleiras do mundo, uma ponte para o mundo lá fora iluminada com um sinal azul bem no alto, foi decidido que era necessário empurrar a cidade mais para trás, ilhar um pouco mais o hotel, até onde isso é possível numa metrópole densamente populosa como aquela. Duas pistas antes destinadas ao tráfego de veículos foram então apropriadas em todo o entorno do hotel. A pista mais externa foi cercada com fradinhos de concreto e preenchida com barreiras de aço que chegam até a altura da cintura, como pinos pontudos saídos do quarto de brinquedos de uma criança gigante, formando assim algo parecido com um cruzamento de um fosso de castelo seco com uma praia fortificada no intuito de resistir a invasões armadas. Já a pista interna tem portões, quebra-molas, câmaras de circuito fechado de televisão presas no chão e viradas para cima, casamatas de madeira reforçadas com sacos de areia e da cor de petúnias.

Ao redor dessa cidadela, lento e estrangulado, o trânsito vive em estado de ebulição. Ciclistas, motociclistas e motoristas de veículos de três e de quatro rodas fazem manobras para seguir adiante, às vezes colidindo, às vezes buzinando, às vezes abrindo a janela e xingando. Volta e meia, o lento arrastar dos veículos dá lugar à imobilidade total quando todos são forçados a abrir espaço para um figurão passar; e, então, o figurão passa, seguido por olhares de resignação, frustração e, não raro, de raiva. É dessa horda emaranhada que, ao se aproximar do primeiro posto de controle, você tenta se desvencilhar para entrar.

O guarda olha para a sua minipicape e pergunta o que você quer.

"Eu quero entrar", você responde.

"Você? Por quê?"

"Eu vou me encontrar com uma pessoa para jantar."

"Sei."

Ele chama o supervisor. As lanternas traseiras de um veículo lustroso, aerodinâmico e imponente como uma carruagem, que transporta talvez um senador, um tribuno ou um centurião, piscam, vermelhas, enquanto o automóvel navega por entre os postos de inspeção adiante. O supervisor manda você recuar. Ele é mais novo, mais baixo e mais franzino que você. Mas você engole o orgulho, ladeado como está por metralhadoras, e tenta argumentar com ele. Depois de um telefonema para a menina bonita e de uma vistoria meticulosa ao seu diminuto meio de transporte, o supervisor lhe dá de má vontade permissão para seguir, mas só até o estacionamento secundário, nos fundos, de onde você deve prosseguir a pé.

Dizem que, naquele hotel, mulheres estrangeiras nadam praticamente nuas em público, e bares chiques servem bebidas alcoólicas importadas. Você não vê nenhum sinal de nada disso, talvez porque tenha parado no saguão ou porque, na sua empolgação, esteja concentrado em localizar a menina bonita. Ela vem andando na sua direção agora, com um sapato de salto alto, um sorriso sereno, o cabelo quase tão curto quanto o seu.

Ela é uma visitante na sua cidade, tendo se mudado alguns anos atrás para uma megalópole maior ainda no litoral. A carreira dela como modelo se consolidou, ou talvez seja mais exato dizer que atingiu o apogeu, pois, embora ela continue bem cotada, a frequência com que a chamam para trabalhar está diminuindo com rapidez. Por isso, ela está tentando fazer a transição para a TV, tendo se tornado uma atriz menor — menor tanto porque ela de fato atua mal, como porque os papéis que fez até agora consistem basicamente em pontas em dramas e comédias. A rigor ela não poderia se hospedar naquele hotel numa viagem a passeio, mas o lugar tem estado tão vazio depois do atentado a bomba que ela conseguiu um desconto de cinquenta por cento.

Ela lhe dá um beijo no rosto e o observa atentamente enquanto o conduz até o restaurante. Percebe, sim, que você está desconfortável na sua roupa recém-comprada e absurda, mas percebe também, por outro lado, que você não está mais desconfortável consigo mesmo, havendo algo mais maduro em você, um senso de confiança e até um ar de autoridade, que você adquiriu junto com alguns quilinhos e fios esparsos de cabelo grisalho. Você lhe parece um homem de fato, não mais um garoto, embora para a satisfação dela seus olhos tenham conservado o brilho antigo. Ela obviamente não tem como saber, ainda que desconfie, que esse brilho se deve em grande parte ao fato de você estar naquele momento na presença dela.

Vocês são recebidos pelo maître, que a reconhece e escolhe uma mesa que dá a falsa impressão de ser discreta, ao mesmo tempo que garante que a menina bonita será vista por todo mundo. Ele é recompensado por ela com um aceno de cabeça e desdobra os guardanapos de vocês dois pessoalmente, entregando o dela com uma leve mesura, sem se arrogar o direito, como faz com o seu, de estendê-lo no colo da moça.

"Você está ótimo", ela lhe diz.

"Você também."

E ela está de fato. Como quando tenta ver o sol, você sempre sentiu dificuldade de olhar para ela diretamente, mas hoje você controla o seu impulso de desviar os olhos, tentando em vez disso se equilibrar naquele frágil parapeito entre o olhar fixo e o olhar furtivo. O que você vê é uma mulher que mudou muito pouco com o passar dos anos; não, obviamente, porque isso seja verdade, já que vocês se conheceram quando tinham a metade da idade que têm agora, mas sim porque a imagem que você tem da menina bonita não é inteiramente determinada pela realidade física dela.

Naquela noite ela está usando uma blusa de alcinha, que acentua as suas saboneteiras e a endentação nodosa do seu esterno, e um único bracelete de mogno polido. Um xale cobre a borda da sua bolsa, e ela enfia a mão por baixo dele para pegar uma garrafa de vinho tinto, cuja rolha ela saca fazendo um som que lembra o de um graveto quebrando. Você nota uma sombra de insegurança na expressão dela, que logo some.

"Você já tinha vindo aqui antes?", ela pergunta.

"Não, é a primeira vez."

Ela sorri. "Então, que tal?"

"É impressionante."

"Eu me lembro da primeira vez que vim aqui. As facas eram tão pesadas que eu achei que elas fossem de prata. Cheguei até a roubar uma."

"E elas são de prata mesmo?"

Ela ri. "Não."

"O que mais você viu desse tipo, coisas incríveis que pessoas normais não têm a chance de ver?"

Ela fica em silêncio por um momento, surpresa com o ponto de vista da sua pergunta, com o — para ela — quase esquecido terreno de espanto e humildade sobre o qual a pergunta se apoia.

"Neve", ela diz, sorrindo.

"Você viu neve?"

Ela faz que sim. "Nas montanhas. Parece mágica. É como granizo em pó."

"Como aquela camada dentro do congelador."

"Só depois que já caiu no chão. Quando está caindo, parece pena."

"Macia?"

"Macia. Mas depois fica molhada. Se você anda muito tempo nela, machuca."

Você a imagina passeando por um vale branco, com uma mansão à distância. O maître volta e amarra um pano quadriculado em volta da garrafa de vocês, escondendo discretamente a garrafa inteira da vista dos outros clientes do restaurante, menos o gargalo.

"E você?", ela pergunta, enchendo novamente as duas taças. "Qual é exatamente o seu ramo de negócios?"

"Água engarrafada."

"Você entrega na casa dos clientes?"

"Entrego também. Mas eu faço a água."

"Como?"

Você explica a ela num tom impassível, sem mencionar os vários contratempos, como a incessante escassez de gás natural ou os longos períodos em que a pressão da água fica baixa demais e a sua bomba de água ronca inutilmente, sem conseguir encher o seu tanque de armazenamento.

"Isso é brilhante", ela diz, balançando a cabeça. "E as pessoas realmente compram? Como se vocês fossem uma das grandes companhias?"

"Compram."

"Você é um gênio."

"Que nada." Você sorri.

"Na escola todo mundo sempre dizia que você era um gênio."

"Você não ia muito lá."

"Eu fui o suficiente."

Você toma um gole de vinho. "Você manteve contato com alguém?"

"Não."

"Nem com seus pais?"

"Não. Eles morreram."

"Eu sei. Os meus também. Mas eu quis dizer antes disso."

"Eu recebi algumas mensagens. Deles e, depois, quando eu comecei a aparecer na televisão, de outros parentes. A maioria me xingando. Ou pedindo dinheiro."

"Então só eu mantive contato com você?"

"Só você." Ela pousa os dedos compridos nas costas da sua mão.

Você só tomou álcool duas vezes na vida e nunca a ponto de ficar bêbado; então, aquela sensação de quentura no rosto, desembaraço e relaxamento é novidade para você. Vocês dois comem, conversam e de vez em quando gargalham num volume incômodo para os outros clientes do restaurante. Um calor e um desejo, uma consciência da proximidade entre vocês dois, crescem dentro de você. Mas a refeição termina cedo demais, assim como o vinho, e você está tomando coragem para encarar o fato de que a noite está chegando ao fim quando ela diz: "Eu tenho outra garrafa lá no meu quarto. Você quer subir?".

"Quero."

Ela lhe diz o número do quarto e pede para você esperar alguns minutos antes de se juntar a ela. Você está em dúvida quanto a que caminho exatamente deve tomar para chegar lá e receoso de chamar a atenção dos seguranças pedindo informações, mas deduz que deve ter que tomar o elevador e, de lá, consegue ir se orientando pelas placas nos corredores. Ela abre a porta do quarto quando você bate, puxa você para dentro e o beija com força na boca.

"Eu não tenho outra garrafa", ela diz.

"Não tem importância."

Você a abraça, envolvendo aquela mulher ao mesmo tempo familiar e estranha, sentindo a respiração dela, saboreando o lugar onde as palavras dela nascem. Você a acaricia enquanto lhe tira a roupa. Desliza a mão pela curva do quadril dela, do queixo. Aninha a pélvis dela com a palma da mão. Não, vocês não são estranhos. Você está onde deveria estar, finalmente, então você se demora.

Fazer sexo com você parece algo transgressivo e isso intensifica o desejo dela, mas ela está preocupada demais para tirar pleno proveito do ato. Você para ela tem um certo sabor de volta ao lar, não só emocional, mas também fisicamente, como no fato de não usar desodorante, e o lar para ela evoca tristeza e brutalidade, o que faz com que ela lhe dê sinais de que quer que você seja violento. No entanto, você interpreta mal esses sinais, de modo que eles não surtem efeito.

Ela está passando por um período delicado. A gravidade começou a puxar para baixo o arco até então ascendente da carreira dela e, pela primeira vez, ela ganhou menos no ano passado do que tinha ganhado no anterior. Ela sabe que o futuro dela é incerto, que ela pode muito bem acabar pobre, velha e solitária, uma senhora idosa que mora num quartinho e compra arroz e farinha a granel uma vez a cada estação. Ou, o que não é menos assustador, como esposa de um criançola viciado em cocaína e cronicamente inseguro demais para aparecer no escritório do pai muito antes das onze da manhã e para ficar lá até muito depois das três da tarde, dado a cantar garotas adolescentes em saídas de festa em sua robusta limusine europeia e a cair em prantos em momentos imprevisíveis quando bêbado.

Deitada nua ao seu lado, uma camisinha usada no tapete, um cigarro aceso na mão, ela passa os dedos com carinho no seu cabelo enquanto você cochila. Mas não deixa que você passe a noite com ela. Você pergunta quando vai vê-la de novo e ela responde honestamente, dizendo que não sabe, mas quando você expressa a esperança de que seja em breve, ela não diz nada. Mais tarde, recostada sozinha na cama, ela relembra a sensação reconfortante dos corpos de vocês dois encostados um no outro. Imagina como seria ter um relacionamento com você, se você conseguiria interagir de alguma forma com os colegas e conhecidos dela na grande cidade à beira-mar. Pergunta-se também, enquanto traga de olhos fechados, o fogo carcomendo feito cupim o papel e o tabaco e fazendo-os crepitar de modo audível, se ainda há de chegar um dia em que ela não sinta repulsa pela ideia de se unir permanentemente a um homem.

Você volta para casa em estado de agitação, feliz e, ao mesmo tempo, cheio de medo. Mas é o medo que se torna dominante até a chegada do fim de semana, quando você leva seus sobrinhos ao zoológico. Eles esperam ansiosamente pelo passeio mensal com o tio próspero, por andar na sua picape e pelas balas e doces que você lhes dá, mas desta vez sua vontade de desfrutar da companhia deles é particularmente intensa também. Sente um nó na garganta quando os pega em casa e depois quase não fala nada, deixando que eles conversem entre si. No entanto, na presença de ursos e tigres enjaulados você relaxa e, quando chega a hora de eles andarem de camelo, você já consegue conversar normalmente.

Seu irmão recebe as crianças de volta trocando um aperto de mão com você e recebe também, sem dizer nada, o bolo de notas de dinheiro escondido na sua mão. No início, ele sentia muita vergonha de aceitar ajuda do irmão mais novo, mas agora não sente mais tanta vergonha e também já não faz mais questão de contar a você vezes a fio as histórias das dificuldades que ele enfrenta como pai diante dos preços em disparada de tudo, muito embora essas histórias continuem sendo angustiantes e verdadeiras.

Em vez disso, ele faz você se sentar no telhado e lhe pergunta como está, acendendo um baseado em seguida e dando uma série de pequenos tragos para encher o peito esquelético. O céu do fim de tarde está laranja, repleto da poeira suspensa de milhares e milhares de canteiros de obras, terra fértil revolvida por pás, secada pelo sol e espalhada pelo vento. Como sempre, seu irmão o incentiva a se casar, manifestando ao fazer isso uma generosidade infinita, pois você formar uma família com quase toda a certeza diminuiria sua capacidade de contribuir para o bem-estar da dele.

"Meu trabalho preenche o meu tempo", você diz. "Eu vivo bem sozinho."

"Ninguém vive bem sozinho."

Vocês passam, então, a falar de sua irmã, que ele viu numa recente viagem à aldeia e descreveu como envelhecida, o que não o espanta nem um pouco, embora ela seja apenas alguns anos mais velha que você. Você sabe muito bem o quanto a vida rural maltrata um corpo. Ele diz que ela se queixa muito, mas que, felizmente, o marido morre de medo dela, então a situação não é tão ruim. Mas ela bem que está precisando de uns tijolos, porque o barro amontoado em torno do quintal dela vive sendo carregado pela chuva. Você diz que vai cuidar disso.

Semanas se passam e a menina bonita não telefona. Você fica surpreso e não fica; não fica porque isso certamente era previsível, mas fica porque você se permitiu ter esperança de que fosse diferente. Já aprendeu àquela altura que ela vai acabar ligando para você algum dia, mas desistiu de tentar adivinhar quando vai ser esse dia.

Durante esse período, você toma uma importante decisão. Há algum tempo você vem juntando algumas economias, que você pretendia usar para adquirir um título de residente da sua propriedade, não um título de proprietário pleno, claro, já que isso é caro demais, mas apenas um contrato que lhe dá o direito de morar nos seus dois cômodos sem pagar aluguel durante um determinado número de anos, depois dos quais o proprietário tem que lhe devolver o principal que você pagou. Esse arranjo é uma grande aspiração para pessoas de poucas posses, por oferecer uma segurança semelhante à de possuir uma casa própria, ainda que temporariamente, no decorrer da duração do título.

No mundo dos cozinheiros, entregadores e pequenos vendedores, o mundo ao qual você pertenceu, um título de residente é uma pausa para descansar na incessante faina da vida. No entanto, você agora é um homem que trabalha para si mesmo, um empreendedor; então, numa certa tarde esfumaçada, quando está passando por uma estrada nos arredores da cidade, você tem a atenção atraída por um pequeno terreno que está para alugar, a parte de trás do que um dia já foi uma fazenda maior, atualmente não mais do que um galpão caindo aos pedaços e um poço tubular enferrujado, mas que ainda funciona, como você constata ao examiná-lo mais de perto. Nesse momento lhe ocorre que, com o dinheiro que economizou, você poderia se mudar para aquele terreno e expandir a sua fábrica de água engarrafada. Seria uma operação arriscada, que o deixaria sem economias e sem nenhuma garantia, se o negócio malograr, de ter um teto sobre sua cabeça. Mas o risco traz consigo o potencial de lucro e, além disso, você já começou a reconhecer o seu sonho de adquirir uma casa própria como o que ele de fato é, uma ilusão, a menos que a casa seja paga na íntegra e em dinheiro vivo.

Na noite depois que assinou o contrato de aluguel, você se deita na cama onde antes seus pais dormiam e fica esperando que a exaustão o empurre para além da consciência. Ao seu lado está o seu telefone, que não toca. Você assiste a um programa de debates atrás do outro, aqueles *talk-shows* ubíquos e hiperbeligerantes que enchem a televisão, consciente de que os debatedores, em fúria, transformam a política num jogo, dispersando a atenção do público em vez de concentrá-la no que importa. Mas isso lhe convém perfeitamente. Afinal, dispersão é o que você busca.

7. Esteja preparado para fazer uso da violência

Embora possa soar desagradável, não havia como evitar que num livro de autoajuda como este nós acabássemos abordando o tema da violência. Ficar podre de rico exige certa falta de escrúpulos, seja na Ásia emergente ou em qualquer outro lugar, pois a riqueza vem do capital, e o capital vem do trabalho, e o trabalho vem do equilíbrio, de calorias entrando e saindo, uma magreza inerente, constitutiva, a magreza de máquinas biológicas que têm que ser dobradas à sua vontade com certa força, se você quer afrouxar o seu cinto financeiro e, suspirando, se expandir.

Neste momento, línguas de fumaça e de gás lacrimogêneo se enroscam no ar acima de uma avenida comercial. Você está dirigindo com um lenço embebido em vinagre em volta do pescoço, pronto para servir como um filtro improvisado contra os gases. O tumulto não está mais no auge, mas também não acabou por completo, e bandos de policiais ainda perseguem manifestantes erradios. Ao seu redor, cacos de vidro e pedaços de pedra pintam o concreto liso da cidade.

O prédio do endereço que você procura foi atingido por

coquetéis molotov, a fachada colonial branca enegrecida pela fumaça. A estrutura e o interior do prédio estão, de maneira geral, em boas condições. Mas não é isso que o preocupa quando você sai do carro. O que o preocupa é o caminhão de entrega caído de lado na pista da entrada de serviço diante do prédio, com o motor e o chassi fumegando. Uma perda total. Não é preciso se dar ao trabalho de usar o extintor que você trouxe e, depois de passar os olhos pelo caminhão, você faz sinal para que seu mecânico volte para o carro.

Na lenta viagem de volta, fluidos escorrem das suas membranas mucosas. Você abaixa o vidro da janela, pigarreia com força e cospe. Seu escritório é contíguo à sua fábrica e depósito, localizados nas cercanias da cidade, em uma entre mil e uma ruas de terra batida esburacadas, onde alguns anos antes só havia campos, mas onde agora pouco verde se vê, tendo o crescimento desordenado gerado um cinturão de lojas de conveniência, oficinas mecânicas, ferros-velhos, estabelecimentos educacionais não registrados, clínicas dentárias duvidosas e pontos de recarga e de conserto de celulares, todos eles tendo atrás habitações superlotadas e perigosamente vulneráveis a terremotos ou até mesmo a chuvas torrenciais.

Ali, ao longo dessa borda urbana em expansão, moram muitos dos recentes acréscimos à vasta população de sua cidade, alguns nascidos no centro mas empurrados para fora pela pressão urbana, outros levados a sair de cidades do interior e aldeias em busca de fortuna e outros ainda que chegam como párias, fugindo de seus locais de origem, para os quais muito provavelmente não irão voltar. Ali também reside o centro físico do seu empreendimento. Você prosperou ao som do jorro da grande sede da cidade, insaciada e crescente, puxando água incessantemente do chão e lançando-a em canos e recipientes. A hidratação em garrafa acabou se revelando um negócio lucrativo.

Embora tenha uma estrutura idêntica à dos estreitos prédios de dois andares que lhe são vizinhos, seu escritório se distingue pelas janelas espelhadas de tom dourado, escolhidas por você e impressionantes, para dizer o mínimo. Ao entrar no prédio, você sente um orgulho de empreendedor observando seus funcionários trabalhando com afinco, debruçados sobre as mesas ou, quando você adentra o galpão feito de chapas de ferro corrugado nos fundos, sobre máquinas que zumbem baixinho, em ótimo estado de conservação. Você construiu isso. Mas hoje seu orgulho se mistura com apreensão, abalado como você está com a destruição do mais novo acréscimo à sua frota de transportes de carga.

Você chama o contador até sua sala e fecha a porta. Lá fora, por uma vidraça ocre, você vê o teto de um ônibus superlotado emaranhado em fios de telefone. Gritos sobem da rua abaixo.

"Em que estado estava o caminhão?", seu contador pergunta.

"Destruído."

"Completamente?"

Você consegue sufocar uma torrente de palavrões. "Nós vamos precisar comprar outro. Vai dar para cobrir os salários?"

"Vai, nós temos dinheiro suficiente."

A metade direita do rosto do contador ficou rígida depois de um derrame. Ele não tem de fato formação como contador, mas isso não importa para você. Como é de praxe, você suborna o fiscal da receita, e seus livros adulterados servem apenas como um ponto de partida para negociações. O que importa para você de verdade é se ele é bom com números, coisa que ele é, tendo trabalhado décadas como auxiliar numa das empresas de contabilidade mais respeitadas da cidade.

Seu contador desconfia de que não tenha muito mais tempo de vida. O rosto dele já virou uma máscara, e a rigidez parcial da sua fisionomia faz com que ele lembre à do pai nas horas seguintes à morte dele, quando o corpo já estava lavado, mas ainda não tinha sido entregue à terra. Volta e meia seu contador imagina a sensação de minúsculos vasos sanguíneos estourando dentro do próprio cérebro, uma efervescência sensória, como as pinicadas que uma pessoa sente num pé dormente. No entanto, na maior parte do tempo, ele encara sua sina com serenidade. Os filhos estão empregados. A filha está casada com você, um homem do mesmo clã que o dele e que tem bons valores e excelentes perspectivas. Cumpriu, portanto, as obrigações mais importantes que um pai deve cumprir e, embora o anseio de voltar a sentir o gosto da juventude tente a todos nós, ele é forte o bastante para se agarrar com firmeza à verdade de que o tempo não funciona dessa forma.

Como você tem muita coisa para fazer e também porque acredita que isso transmita uma mensagem motivadora, você fica até tarde no trabalho naquela noite. Uma lua crescente flutua baixo no céu, e um par de morcegos enormes passa acima da sua cabeça, suas asas gigantescas golpeando ruidosamente o ar. Você pega o carro e segue pela rota costumeira, ouvindo música no rádio.

Num cruzamento, um motociclista de aparência muito jovem, de cabelo cacheado e delicado, bate na janela. Você abaixa o vidro e se depara com uma pistola apontada para a sua bochecha.

"Desce", ele diz.

Você obedece. Ele o leva para o lado da estrada e fala para você deitar no chão de terra com o rosto virado para baixo. Carros vêm e vão, mas ninguém para nem presta atenção. O cheiro de terra ressecada enche as suas narinas. Ele encosta a boca da pistola na sua nuca, no ponto onde sua coluna se encontra com a base do crânio, e a gira de um lado para o outro, com força. O metal comprime dolorosamente a pele e os ossos.

"Babaca, filho da puta", ele diz com uma voz fina, quase

pré-púbere. "Você acha que pode foder com quem está acima de você?"

Seus lábios se mexem, mas nenhum som sai. Você sente um bolo de catarro bater no seu crânio, de temperatura neutra e grosso como sangue.

"Isso é um aviso, seu escroto. Você não vai receber outro. Lembre qual é o seu lugar."

Ele sai andando até a moto, monta e vai embora. Você só se levanta depois que ele some. Sente um forte desconforto na sua vértebra superior e nota que a porta do seu carro permaneceu aberta e o motor ligado aquele tempo todo. Abre o porta-luvas. O seu revólver. Inútil.

O ultimato que você acaba de receber vem de um homem de negócios rico, que faz parte da elite da cidade, é dono, entre outras coisas, de uma fábrica de água engarrafada concorrente e para cujo território você começou a se expandir. Ele é poderoso e bem relacionado. Então, você fica com medo, mas não só com medo, fica também com muita raiva, espumando de ódio, e as duas emoções se combinam, fazendo você tremer enquanto dirige e pensar sem parar, enquanto luta contra uma sensação crescente de pânico: eu vou mostrar pra aquele filho da puta, eu vou mostrar pra ele.

Como você vai mostrar para ele, no entanto, ainda não está claro.

Você estaciona o carro em casa, uma residência recém-construída num condomínio de preço médio ainda inacabado, com uma entre quatro opções de design repetidas em vários blocos de doze. As árvores da sua rua ainda são pequenas, batendo mais ou menos na altura do joelho, e estão amarradas a estacas de madeira para não serem derrubadas pelo vento. Quando abre a porta para você entrar, sua esposa olha para você com preocupação e pergunta o que foi que aconteceu. Você diz que não foi nada, talvez alguma coisa que tenha comido. Mais tarde, ela escuta você vomitar no banheiro.

Tendo completado vinte anos recentemente, sua esposa tem um pouco menos que a metade da sua idade. Ela acredita que casou bem, apesar dos anos de diferença entre vocês, que, aliás, é a mesma que existe entre os pais dela. Foi criada em circunstâncias melhores do que você, mas não em circunstâncias tão confortáveis quanto as de que atualmente desfruta. Isso, ela acha, já era de esperar, uma vez que sempre foi considerada uma beldade, tendo a pele pálida e uma boca grande e sensual, e em casamentos arranjados uma beleza como a dela vale um bom preço.

Em troca do assentimento dela ao acordo ajustado entre seu contador e você, ela estabeleceu duas condições. Primeiro, que lhe fosse permitido concluir os estudos na universidade, um longo curso na área de direito. E, segundo, que não lhe fosse cobrada a tarefa de criar nenhum filho enquanto ela estivesse estudando. Ela impôs essas condições em parte porque queria que elas fossem cumpridas e em parte para testar o próprio poder. Você aceitou as condições e as está honrando.

Ela imaginou durante as negociações estar também testando o seu desejo por ela. Disso, porém, ela tem menos certeza agora. Pois embora nas primeiras semanas de casamento o sexo fosse um acontecimento diário, às vezes ocorrendo até duas vezes por dia, ele minguou rapidamente para um ritmo de uma vez a cada quinzena mais ou menos. Ela atribuiu isso ao fato de você ser um quarentão, ainda que a experiência dela com o seu frenesi inicial de fato a deixe um pouco em dúvida. Mesmo assim, ela continua a admirá-lo e se sente pronta para que você acenda nela as chamas do amor romântico, embora tenha começado a se perguntar quando você irá reservar um tempo para isso.

No dia em que você enviou uma mensagem para o celular

da menina bonita informando a ela que você ia se casar em breve, ela ficou surpresa, considerando que vocês pouco haviam se falado nos últimos anos, com a intensidade da tristeza que sentiu. Não tinha se dado conta conscientemente de que nutria a expectativa de que você fosse sempre esperar por ela e, embora os pensamentos dela de vez em quando passeassem pelas lembranças que ela guardava de você, ela não tinha nenhum plano específico de marcar outros encontros como o daquela noite em que vocês ficaram juntos no hotel. Então, a decepção dela a pegou desprevenida. Mesmo assim, respondeu à sua mensagem lhe desejando felicidades. Depois, como de costume, fez o melhor que pôde para dominar seus sentimentos e mergulhar no trabalho.

Um programa popular de culinária na televisão trouxe um sucesso considerável para a menina bonita, o que é ainda mais espantoso levando-se em conta que ela nunca teve muito talento para a cozinha. Mas ela mistura uma persona irreverente, com uma linguagem cheia de gíria de rua e com uma nouvelle cuisine de rua bem apimentada, combinando os dialetos de sua infância com as habilidades dos chefs que a auxiliam para obter um efeito charmoso e lucrativo.

Ela mora sozinha num bangalô elegante e minimalista, não muito longe do mar, tendo voltado a ganhar bem depois de um período de baixa nas finanças. Seus temores de voltar a ser pobre arrefeceram. Ela reconhece que a fama dela foi erigida sobre uma fundação de aparência e não é cega para a realidade de que as aparências mudam. No entanto, acredita que existam maneiras de elevar e libertar a fama de suas fundações; na verdade, acredita que, a partir de um determinado ponto, a fama, como uma nuvem, pode se tornar, assim parece, sua própria fundação, densa, autossuficiente, obstinadamente no alto. Sem o peso dos compromissos da monogamia duradoura, ela dedica um tempo imenso a esse objetivo, a campanhas publicitárias intermináveis, àqueles que irão sustentá-la no futuro. Em outras palavras, a seus espectadores.

Entre esses espectadores encontra-se sua esposa, que acha a menina bonita cativante, como uma tia legal, e acha as receitas dela simples e gostosas. Então, você com frequência chega em casa e encontra a menina bonita conversando com sua esposa na sua sala de estar, os olhares das duas fixos um no outro através do éter. E, quando você inevitavelmente pede à sua esposa num tom ríspido que mude de canal, ela atende ao pedido com um sorriso, pressupondo que é porque você, um típico machão, não se interessa pelas maravilhas da arte culinária.

Você não fala nada para sua esposa sobre o aviso que recebeu com uma arma apontada para a cabeça, mas pede uma audiência com o chefe local de uma facção armada para a qual você e outros comerciantes da sua área pagam uma taxa em troca de proteção. Você não o conhece pessoalmente, mas, como membro do mesmo clã, você imagina que ele vá concordar em recebê-lo. E, de fato, ele não o deixa esperando por muito tempo.

O encontro se dá numa casa que só tem de notável os dois homens armados com fuzis de assalto que perambulam do lado de fora. O chefe da facção está sentado num tapete, debaixo de um ventilador vagaroso. Ele se levanta, aperta sua mão com uma mão mutilada, mas já cicatrizada, à qual faltam dois dedos, e o observa com olhar perscrutador. Acomodando-se perto dele, você explica seu problema.

O chefe da facção está inclinado a ajudar; primeiro porque você vai pagar; segundo porque você é aparentado dele; terceiro porque ele o vê como um oprimido, e ele se considera um defensor dos oprimidos; e quarto porque o homem de negócios que ameaçou você pertence a uma seita que o chefe da facção acredita que mereça ser exterminada. Mas ele não lhe diz nada disso de imediato. Em vez disso, espera até o dia seguinte para lhe comunicar a decisão que tomou, tendo nesse meio-tempo, já que é um gerente de médio escalão, consultado seus superiores, além de ter deixado você suar um pouco.

Você recebe um guarda-costas para cuidar de sua segurança pessoal e uma sucinta garantia verbal de que outras medidas serão tomadas caso a situação se complique. O guarda-costas chega a seu escritório sem ser anunciado, tão quieto e calmo que parece quase sedado, mas com olhos atentos e graves. Embora tenha mais ou menos a sua idade, ele é significativamente mais pesado, carregando uma pança imensa e quatro dentes de prata. Como não consegue imaginá-lo como pai nem como marido, você não lhe pergunta sobre a família, e ele, por sua vez, também não puxa conversa. Ele passa as noites em sua casa e, apesar de dormir do lado de fora, no único cômodo para empregados de que você dispõe e que antes estava desocupado, o fato de aquele homem estar morando perto de sua esposa o incomoda.

Sempre que se senta em seu carro, o guarda-costas engatilha ruidosamente a pistola automática dele entre as pernas. Se é para impressionar ou para diminuir o tempo de reação dele ou simplesmente por hábito, você não faz a menor ideia. Às vezes você se pergunta se cometeu um erro contratando aquele homem, que lhe dá uma despesa boçal e, além do mais, o deixa desconfortável. Mas, no seu entender, as suas únicas alternativas são ou ignorar a ameaça, o que poderia ser suicídio, ou recuar e sucumbir ao seu rival, o que seria não só injusto, mas também um golpe para o seu orgulho. Um dia, quando passa intencionalmente de carro em frente à mansão murada do homem de negócios, um acre de terreno de primeira num bairro chique, você o avista, por um portão que está se fechando, caminhando em ritmo acelerado pelo gramado. O agasalho esportivo cinza dele e os pesos de mão azuis evocam um certo tipo de vilão cinematográfico, e essa visão fortalece dentro de você a determinação de não se render submissamente.

Sua esposa sabe que alguma coisa está aborrecendo você, pois percebe que você está distante e excepcionalmente irritadiço. Além disso, tem consciência de que o fato de você ter contratado um guarda-costas de uma hora para outra tem, é óbvio, algum significado. Ela deseja reconfortá-lo e, como não consegue descobrir o que está se passando mesmo depois de fazer várias tentativas de entabular uma conversa com você, ela resolve mudar de tática e propõe que vocês dois saiam para ir ao cinema ou para jantar num restaurante. Você, no entanto, está decidido a passar as noites em casa, por motivos de segurança, embora não revele seus motivos a ela, por não querer assustá-la.

As lustrosas revistas importadas que ela lê oferecem conselhos sobre o que fazer em situações desse tipo, sobre como satisfazer o seu homem quando ele parece insatisfeito, e então, com enorme ousadia, quando seu aniversário se aproxima, ela instrui a depiladora a remover todos os pelos pubianos dela, uma experiência estimulantemente dolorosa, compra com a mesada dela inteira um conjunto caro de sutiã e calcinha de renda, em violeta, a cor favorita dela, e espera por você na cama, semidespida, à luz de velas bruxuleantes.

Ela não sabe que começou a faltar luz e, por isso, leva um susto quando você entra no quarto segurando uma luminária portátil de pilha, e você, por sua vez, fica constrangido por tê-la pego de surpresa entrando sem avisar, e então desvia os olhos, murmurando um pedido de desculpas, e vai direto para o banheiro. Quando você volta, ela está coberta até o queixo com um lençol, os olhos arregalados na penumbra, tomada por uma sensação de humilhação. E, no entanto, quando você se deita, ela busca coragem lá no fundo da alma e, recorrendo às últimas reservas de força de vontade, põe sua mão sobre o peito dela e pousa a mão entre suas pernas, e ela sente o próprio corpo intumescer e endurecer para você, mas não o seu para ela, dominado como você está pelo cansaço e pelo estresse. Então, ela vira para o lado e contrai o rosto para não fazer barulho e não deixar que as lágrimas escorram e finge tentar dormir.

Para você as semanas passam carregadas de tensão, seu olhar inquieto mirando ao redor enquanto você dirige e se pergunta se vai ser atacado e o que seu guarda-costas vai poder fazer para protegê-lo, se é que vai poder fazer alguma coisa. Você promete a si mesmo que não vai se deixar dominar pelo medo, mas, apesar disso, começa a cancelar visitas até a clientes empresariais com os quais sua firma tem os contratos mais lucrativos de reabastecimento de bebedouros. Os seus negócios sofrem em consequência disso, enquanto sua rotina diária vai ficando cada vez mais rígida, engessada no molde "chegar ao trabalho cedo, passar o dia inteiro no escritório, voltar para casa tarde".

Essa rotina é interrompida inicialmente não por um ato de violência, mas pela morte de sua irmã. A chegada da monção provocou uma série de inundações repentinas e, embora as casas da aldeia ancestral, por uma bênção topográfica, tenham sido na maioria poupadas, as poças de água estagnada resultantes geraram verdadeiros exércitos de mosquitos transmissores de doenças. Sua irmã morreu de dengue; a febre alta que ela andava tendo cedeu, oferecendo brevemente uma falsa esperança, mas depois uma hemorragia interna provocou a falência geral dos órgãos.

Você viaja numa série de ônibus sacolejantes junto com seu irmão e os filhos dele, agora já quase homens feitos, e só chega ao destino no final da tarde do dia seguinte, porque as chuvas danificaram estradas e pontes. O enterro foi atrasado para que vocês pudessem estar presentes e, assim, você consegue ver sua irmã pela última vez, uma mulher velha sem ter vivido tanto tempo assim neste mundo, o cabelo branco e ralo, os dentes da frente ausentes, a carne do rosto afundada até os ossos, como que esvaziada pela passagem dos anos.

Olhando para o seu irmão, você percebe que ele também envelheceu, embora nem quando era novo ele parecesse muito jovem, e se pergunta que imagem os seus sobrinhos têm de você. Você reza diante do monte de terra coberto de flores que tampa o lugar de descanso de sua irmã e entrega o dinheiro que trouxe para o marido e para os filhos dela. Sendo comum, a morte na aldeia é tratada de um modo pragmático e, depois dos primeiros dias, você não vê mais ninguém chorando, ainda que sua sobrinha mais velha verta uma lágrima quando se curva para deixar que você pouse a palma da mão na cabeça dela quando está se despedindo.

Você deixou sua esposa em casa, na cidade, uma decisão que a magoa, apesar de sua justificativa de que a viagem seria árdua demais por causa das enchentes. Ela acha chocante que você não tenha desejado que ela estivesse presente numa ocasião tão importante, sem saber que sua verdadeira motivação foi um desejo de esconder um pouco a sua origem miserável.

Quando volta, lentamente, passando por inúmeros bloqueios, descendo do ônibus para ajudar a levantar veículos para libertá-los de poças de lama traiçoeira, você é levado a se lembrar de novo do abismo que existe entre o campo e a cidade, da intensidade com que ali olhos seguem um bode, o único sobrevivente de um rebanho que foi varrido do mapa, enquanto lá a vida continua praticamente inalterada.

Mais tarde naquela semana, o jovem capanga de cabelo cacheado recebe ordens de se encontrar com você mais uma vez. Ele toma banho e se veste como de costume, ouvindo músicas de cinema num rádio em forma de lata de refrigerante que ganhou numa promoção e barbeando a pele acima do lábio na esperança de um dia provocar o nascimento de um bigode. A mãe e a irmã lhe dão até logo. Ele está com pouco dinheiro e, por isso, compra apenas uma pequena quantidade de gasolina para a motocicleta e um único cigarro avulso. Escolhe um cruzamento na rota que você faz todos os dias, onde há um outdoor gigantesco anunciando um sabonete antibacteriano, e espera, fumando, um novo hábito bom para fazê-lo esquecer que está com fome. O celular dele apita para informar a ele que você está a caminho.

O capanga pensa numa camiseta que ele vinha querendo comprar fazia algum tempo, roxa, com um falcão psicodélico, mas que não estava mais na vitrine quando ele passou pela loja hoje, e o vendedor disse que ela já tinha sido vendida. Ele gostaria de ter podido comprá-la. Devia ter pedido o dinheiro emprestado. Há uma menina com covinhas no rosto que mora perto dele e com a qual ele ainda não teve coragem de falar. Ela nunca parece notá-lo, mas ele tem certeza de que ela o notaria se ele estivesse usando aquela camiseta.

Você também está pensando numa mulher quando se aproxima daquele cruzamento, está lembrando dos jogos imaginários que costumava jogar com sua irmã. Na sua frente, um caminhão transporta um contêiner; os freios do caminhão começam a assobiar à medida que ele desacelera. Em meio a esse barulho, você vê o capanga andando com passos largos em sua direção e se vira para seu guarda-costas, mas ele já entendeu. O seu guarda-costas atira três vezes pelo seu para-brisa. O capanga cai. Você está pronto para fugir, mas seu guarda-costas abre a porta do lado dele e sai para a rua. Uma das balas arrancou um pedaço de crânio com uma mecha de cabelo cacheado. O pedaço não caiu muito longe de onde o capanga está estirado, lutando para respirar. O seu guarda-costas dá vários tiros no rosto e no peito do capanga e depois tira uma foto com o telefone celular dele. Voltando para o carro, o guarda-costas fala para você seguir em frente. Como você não parece entender, ele repete, e você obedece depressa.

Você para numa rua deserta e o guarda-costas usa a chave de roda do estojo de ferramentas do seu carro para destruir o para-brisa avariado, despedaçando o vidro como uma casca de ovo. Em seguida, ele empurra o que restou do para-brisa para fora, de dentro do carro, usando os dois pés, e o leva até um monte de lixo. Uma brisa úmida agita a gola da sua camisa enquanto você dirige de volta para casa, e naquela noite você se deita com o revólver sob a cama, sem conseguir dormir. Fica se perguntando o que vai acontecer agora, se vai ser alvo de uma vingança violenta, uma perspectiva que as suas vívidas lembranças do assassinato do capanga tornam muito mais concreta.

Passado um tempo, porém, você é informado pelo chefe da facção de que a fotografia foi enviada para o homem de negócios, junto com uma comunicação por escrito, e de que foi feito um acordo de que as ameaças dele contra você cessariam. Você não sabe se acredita nisso ou não e acha possível que alguma tramoia maior esteja em andamento, mas seu guarda-costas é afastado e, então, você recomeça, depois de meses, a se deslocar sozinho, torcendo pelo melhor e também botando seus negócios em ordem, para o caso de você estar enganado.

O negócio prospera e em pouco tempo todo esse incidente se torna, se não uma memória distante, pelo menos não mais uma preocupação premente. Você trabalha muitas horas por dia, volta tarde para casa e para sua esposa e se concentra nas tarefas imediatas. Pensa de vez em quando na menina bonita, e ela também pensa em você, mas não o procura, refreando-se sempre que sente o impulso de lhe telefonar, por não querer atrapalhar sua felicidade com sua esposa, e você faz o mesmo e pela mesma razão. Mas, mesmo afastada, a menina bonita atrapalha, sim, pois você não consegue se abrir para sua esposa por completo, vendo nela coisas que o fazem lembrar da menina bonita, como se a menina bonita tivesse se tornado sua mulher arquetípica, da qual sua esposa só pode ser uma cópia, e ouvindo no riso de sua esposa e sentindo entre as pernas de sua esposa ecos da menina bonita, dolorosos ecos que fazem com que você se feche e se mantenha distante.

Você tenta compensar essa distância materialmente, comprando para a esposa um colar caro, um quase nada comparado aos colares usados por grandes herdeiras e celebridades, é claro, mas mesmo assim um luxo modesto que nem ela nem você tinham possuído antes. E esse presente a deixa feliz, mas a esperança que ela acalenta de que o seu gesto seja acompanhado do carinho genuíno que ela tanto deseja logo fenece, e o colar fica na caixa, sem uso, a não ser em uma ou duas noites por ano.

Cada vez mais, sua esposa percebe que fica balançada com a atenção que recebe dos muitos rapazes que estudam com ela na universidade, e às vezes por seu próprio desejo de retribuir essa atenção, desejo esse que ela rapidamente reprime, já que foi criada para acreditar na inviolabilidade do casamento. Então, ela começa a se vestir com mais recato e até a cobrir o cabelo quando sai de casa, estabelecendo assim uma barreira entre ela e os olhares cobiçosos à sua volta, e um certo grau de tranquilidade interna.

Deitado ao lado dela na cama, sem tocá-la, enquanto um pequeno gerador recém-instalado ronca lá embaixo protegendo vocês dois contra blecautes, com a cabeça apoiada numa toalha porque a idade e problemas de postura se combinaram para lhe dar torcicolos recorrentes, você nem cogita que o amor de sua esposa possa estar escapando por entre seus dedos e nem que, depois que ele se for, você vá sentir falta dele.

8. Faça amizade com um burocrata

Nenhum livro de autoajuda será completo se não levar em conta a nossa relação com o governo. Pois se existisse uma lista cósmica de coisas que nos unem, leitor e escritor, e nós a víssemos se desenrolando rumo ao infinito, como acontece na abertura de certo filme épico de ficção científica, um dos itens mais cintilantes dessa lista seria o fato de que nós vivemos num universo financeiro sujeito a poderosíssimas forças gravitacionais exercidas pelos governos. Os Estados nos arrastam. Os Estados nos dobram. Os Estados trabalham, incansavelmente, para determinar as nossas órbitas.

Assim sendo, você poderia supor que o caminho mais certo para se tornar podre de rico seria ativar a sua propulsão mercadológica mais rápida que a luz e se lançar em nebulosas comerciais tão distantes quanto possível do controle econômico imperial do Estado. Mas seria um engano seu. O empreendedorismo nos desertos bárbaros mais afastados do poder do Estado é um desafio difícil e tenso, uma batalha constante, uma situação do tipo mate ou seja morto, com pouca garantia de sucesso.

Não, utilizar-se do poder do Estado em benefício próprio é uma tática muito mais sensata. Duas categorias aparentadas de jogadores já entenderam isso faz tempo. Burocratas, que usam uniformes do Estado enquanto defendem secretamente seus interesses pessoais. E banqueiros, que usam uniformes particulares enquanto são defendidos secretamente pelo Estado. Você vai precisar da ajuda de ambos. Mas na Ásia emergente, onde os burocratas dão as cartas, os banqueiros tendem a seguir as regras do jogo, de modo que o passo mais crucial para você conquistar um sucesso duradouro é fazer amizade com o burocrata certo.

Você está sentado diante dele agora, no gabinete oficial que ele ocupa, um escritório espaçoso, mas mal-ajambrado, como esses gabinetes costumam ser, com janelas empoeiradas, retratos emoldurados de um par de líderes nacionais, um já morto e o outro ainda vivo, e volumosas cadeiras de madeira cujo estofado está precisando ser trocado; um gabinete que, se reformado, poderia facilmente acomodar o dobro de visitantes, emitindo por meio dessa pesada e ineficiente rejeição à ideia de reforma uma declaração clara e altissonante de intenções. Muitas propinas foram pagas para possibilitar essa reunião, a mais importante delas ao secretário pessoal do burocrata, sem a colaboração do qual seria impossível encontrar um horário na agenda do burocrata. E, então, ali está você, com o mandachuva em pessoa, finalmente em posição de fazer o seu apelo.

Violando as leis antifumo, o burocrata acende um charuto espetacularmente caro que ganhou de presente, retirado de uma caixa de charutos bem fornida, sem lhe oferecer nada a não ser uma xícara de chá. Ele conhece o seu tipo, um self-made man em ascensão, e, por causa da formação educacional e familiar que teve e também do próprio temperamento, ele encara você com desdém, mas também com satisfação, pois em geral se ganha mais dinheiro com solicitantes que querem desafiar o status quo do que com aqueles que desejam apenas mantê-lo.

Você foi parar nas garras dele empurrado por uma pegajosa teia burocrática. Licenças negadas, inspeções reprovadas, leituras incorretas de medidores, abertura de auditorias, todas essas manobras e intimidações que você contornou ao longo dos anos molhando a mão de funcionários públicos de baixo e médio escalão. Mas você chegou a um impasse. Sua firma se tornou razoavelmente correta, pelo menos no que se refere ao produto, esterilizando quase sempre de acordo com o padrão estipulado e engarrafando a água com o rótulo da sua própria marca. No entanto, sua expansão para as altas esferas, para o mercado de massa do jogo da água encanada municipal, foi bloqueada. Só fornecedores licenciados pelo governo podem entrar na concorrência por contratos municipais, e o requerimento que você encaminhou solicitando essa licença foi rejeitado. Então, você procurou descobrir a origem dessa rejeição: este homem sentado agora na sua frente.

Ele solta uma baforada atrás da outra, com as pontas dos dedos da mão livre pousados numa pasta de arquivo contendo a sua solicitação recusada recentemente. Você discorre com voz monótona sobre a solidez técnica de sua candidatura, seu capital, seu know-how e seus muitos clientes satisfeitos. O burocrata deixa você gastar sua energia, esgotar todos os seus recursos persuasivos e, quando você inevitavelmente cai no silêncio, ele escreve uma única palavra num pedaço de papel com a tinta índigo da caneta-tinteiro com ponta de ouro dele e empurra o papel e a caneta na sua direção. A palavra é "Quanto?".

Você fica aliviado. Uma barreira foi ultrapassada e a negociação enfim pode começar. Mas você finge que isso não aconteceu.

"Senhor", você diz, "nós satisfazemos as condições..."

"Você já forneceu produtos para o município antes?"

"Nós trabalhamos no ramo da água há quase vinte anos."

"Você já forneceu produtos para o município antes?"

"Não."

"Você está autorizado a fornecer produtos para o município?"

"Ainda não."

"Não." Fazendo um calmo movimento com o queixo, ele lança no ar um círculo perfeito de fumaça.

"Nós atendemos a todas as suas exigências."

"A todas as nossas exigências quantificáveis. É meu dever garantir que as nossas exigências não quantificáveis também sejam atendidas. Exigências relacionadas, por exemplo, com a reputação."

"Nós temos uma reputação de sermos cordiais."

"Que bom."

Você o observa. Ele está mais perto dos sessenta anos do que dos cinquenta e, portanto, deve ser quase uma década mais velho que você, mas tem a mão macia e aveludada de um homem que não só nunca fez trabalhos braçais nem praticou esportes com raquete, como nunca sequer carregou a própria pasta de documentos.

Com uma batidinha do dedo, ele dirige sua atenção para o pedaço de papel entre vocês. Hoje em dia, lamentavelmente, é difícil saber quando uma conversa está sendo gravada. Ele prefere manter a improbidade inaudível. Você encena uma pausa para reflexão antes de escrever um número no papel, fingindo se tratar de uma quantia impressionante. O burocrata a rejeita sacudindo a cabeça de modo brusco e, em seguida, escreve uma quantia estupidamente mais alta, mas reduzida. Você sente um calor de satisfação. Ao não dispensar você na mesma hora, ele desceu do trono de vice-rei em que estava rumo a um balcão de vendedor. Você é o comprador dele e, embora não deva apertá-

-los, a verdade é que você pegou o burocrata pelos bagos, bagos esses que são enormes, gananciosos e úteis ao extremo. Você barganha, mas de forma magnânima.

O burocrata, no entanto, não pode agir sem a aprovação dos chefes políticos dele e, assim, na semana seguinte, depois de outra reunião com você para lhe passar as especificidades do arranjo, ele o despacha para a casa de um político que você conhece da televisão e dos jornais. Você é levado por seu motorista em seu utilitário esportivo luxuoso, imenso e só levemente de segunda mão. Posicionado ao lado do motorista, encontra-se um segurança uniformizado empregado por você para, em geral, abrir e fechar o portão de sua casa. Você está sentado no banco de trás, examinando ostensivamente mensagens de e-mail no seu computador, na esperança de causar uma impressão considerável.

O temor de ataques terroristas levou o político a tomar medidas para proteger a residência dele, como coagir vizinhos a lhe vender suas propriedades, erigir um muro externo encimado por arame farpado e muito mais alto do que os regulamentos permitem e montar barricadas ilegais nas duas extremidades da rua. Policiais rondam a área a pé e um destacamento fortemente armado da polícia de intervenção rápida fica de plantão dentro de uma picape, pronto para acompanhar o político quando ele sai. Você recebe permissão para seguir adiante, mas sem o seu carro e sem seus empregados, para a sua grande decepção, e é revistado duas vezes no caminho.

O ambiente de trabalho do político é estruturado à maneira das cortes principescas de antigamente, ou seja, com uma série de salas de espera para a plebe, outra para as pessoas de estirpe e um aposento recôndito ocupado por ele e um séquito de conselheiros. Enquanto conduz a negociação com você, ele trata ao mesmo tempo de vários outros assuntos não relacionados, alguns públicos, alguns pessoais e outros aparentemente sem propósito, ou melhor, sem nenhum outro propósito a não ser se divertir. Um almoço prolongado está em andamento, de modo que tudo acontece acompanhado por sons de mastigação e por repetidos gestos que parecem um estalar de vários dedos, mas na verdade são tentativas de remover resíduos de gordura, arroz e outros alimentos sem usar água nem papel. Nada disso o surpreende nem o deixa desconcertado, pois o burocrata o preparou bem e, de qualquer forma, a sensação dominante dentro de você é de vitória por estar com pessoas tão importantes.

O trato é concluído de maneira descomplicada, ainda que aparentemente leviana, com o político pedindo a opinião de um de seus capangas enquanto ri e levanta uma sobrancelha, como se estivesse pedindo para ele avaliar se uma prostituta de preço mediano é gostosa ou não. Um número é sugerido. Você o aceita com murmúrios obsequiosos e mesuras, exatamente como o burocrata o instruiu a fazer. E é isso.

Quando está indo embora sob um lindo céu alaranjado e poluído, avançando no seu carrão utilitário como se planasse acima de automóveis menores e motocicletas, você começa a cantarolar baixinho, sendo a presença de seus empregados a única coisa que o impede de desatar a cantar a plenos pulmões. Que longo caminho você percorreu! As suas salas assomam adiante, todo o segundo andar de um centro comercial muito bem localizado, em cima de uma fervilhante galeria de lojas. Seguranças e funcionários do estacionamento o saúdam com reverência, portas de elevadores se abrem quando você se aproxima e os acenos que você faz com a cabeça para poucos e seletos gerentes de sua empresa, enquanto caminha com passadas firmes por entre as mesas deles, provocam um burburinho. Sim, sua reunião foi um sucesso.

Seu filho está fazendo um discurso no gramado quando você chega em casa. É fim de tarde, um período do dia adorado por mosquitos, e seu filho está de shorts e camiseta. Ver a pele morena do menino descoberta o enche de preocupação, até que você sente nela o aroma artificial de limão do repelente de insetos, quando ele sai correndo na sua direção, se atira em seus braços e lhe dá o prazer de erguer o corpinho compacto dele no ar, as vértebras estalando suavemente, puxadas pela gravidade. O seu filho é um orador bochechudo, com cabelo cortado em cuia e da altura do seu umbigo. Naquela tarde, ele reuniu ao redor de si não só a babá, mas também o cozinheiro e o copeiro, os quais assumem uma postura nitidamente mais formal na sua presença. O menino está submetendo os três a um discurso político que deve ter tido como modelo algum discurso que ele viu na televisão.

"Quando eu for o líder de vocês..."

Você fica ouvindo e observando, desejando, como sempre, ter mais tempo para dedicar ao filho, poder levá-lo com você para o trabalho ou, melhor ainda, poder ficar em casa com ele e com os brinquedos dele, e também pensando em seus pais, se dando conta de que eles devem ter sentido, meio século antes, as mesmas emoções que você sente agora, só que no caso deles com mais apreensão, pois embora seu filho obviamente não esteja livre de ser vitimado por doenças ou pela violência, a probabilidade de ele morrer cedo foi, graças às suas conquistas, reduzida de modo drástico.

Interrompendo a apresentação do menino, você parte para cima dele rosnando. Ele corre para dentro de casa, berrando, e você corre atrás gritando que vai comê-lo inteirinho, mas se cala quando entra na casa, pois deduziu pelos carros estacionados na rua que há uma reunião em andamento. Sua esposa está sentada na sala junto com uma dúzia de outras mulheres, todas com a cabeça coberta e várias com o rosto também, participando de um acalorado debate. Sua saudação recebe uma resposta verbal da esposa, mas os olhos dela se dirigem ao filho, e é só a ele que ela brinda com um sorriso quando vocês dois atravessam a sala e se encaminham ao andar de cima, seguidos pela babá, com uma patinete na mão. A conversa ao redor de sua esposa esmorece diante dessa súbita reivindicação da atenção dela, mas é retomada com igual vigor quando ela inclina a cabeça e faz um gesto para as colaboradoras com as palmas das mãos erguidas, como se convocasse alguma força imperceptível, mas de grande peso, ou expressasse um sentimento de profunda exasperação compartilhado por todas ou, então, segurasse um par de seios invisíveis.

Passaram-se cinco anos, a idade de seu filho, desde que você entrou pela última vez no corpo de sua esposa. As relações sexuais de vocês já eram infrequentes na época, e só um lance de sorte do dado biológico explica que ela tenha engravidado tão rápido depois de concluir os estudos e remover o DIU. O parto, porém, não foi tão fácil. Uma laceração de períneo de terceiro grau danificou o esfíncter anal de sua esposa. Com uma cirurgia reconstrutiva e incontáveis horas de fisioterapia, ela superou a incontinência resultante e agora está livre das fraldas que era forçada a usar, algo vergonhoso para uma mulher tão jovem. Mas você se manteve quase totalmente alheio a esse processo, constrangidamente semiciente, no máximo, dos detalhes do estado dela. Consumido pelo trabalho, relutante em se envolver por causa de sua criação e do seu sexo, e obcecado, de qualquer forma, com aquela outra mulher fora do seu alcance, você pagava prontamente tudo o que precisava ser pago, mas não fazia nada além disso.

No entanto, você mudou com o crescimento de seu filho. Transformado num procedimento médico, efetuado ao som de berros, com muito sangue e cheiro de desinfetante, o nascimento dele foi como uma morte. Aquilo abalou você. E, aos poucos, foi destravando habilidades afetivas esquecidas. A paternidade lhe

113

ensinou a lição de que, mesmo na meia-idade, o amor é praticável. É possível adorar criaturas recém-chegadas ao seu mundo; é possível imaginar, não importa o quanto já seja tarde, um futuro entrelaçado de maneira feliz com quem não fez parte do seu passado. Então, armado dessa sabedoria, você está tentando cortejar sua esposa, construir uma família a partir da força do vínculo que é seu filho, conquistar a alegria, os sorrisos e os carinhos dela, atraí-la de volta para seu lado e para sua cama, abandonando a cama separada disposta paralelamente à sua.

Só que, quando começou a se voltar para ela de novo, a tentar vê-la, como que pela primeira vez, como uma mulher adulta, uma mãe e como a pessoa maravilhosa que ela de fato é, uma guerreira, admirável em sua beleza madura e em sua determinação infatigável, e procurou puxar conversa com ela, passar a mão no braço, no rosto e na coxa dela, você descobriu que sua esposa não estava interessada. Ela nunca gritou com você, com raiva. Na verdade, continua a demonstrar uma compaixão bem educada por você por causa da sua idade, que, com a sua lista de achaques, que vão de dores na coluna a problemas nos dentes e nos joelhos, começou a parecer cada vez mais distante da dela. Mas ela evita travar discussões com você que não sejam de natureza prática e fica incomodada com suas tentativas de se aproximar dela dessa forma, como se elas violassem os termos do pacto firmado por vocês. O foco da atenção dela está em outro lugar, no filho e no grupo de ativistas com inclinações religiosas de que ela faz parte.

Na companhia das ativistas, ela se comporta com a gravidade de uma mulher mais madura, desfrutando de uma posição influente no grupo apesar de muitas delas serem mais velhas do que ela. A formação em direito e a relativa prosperidade dela lhe conferem vantagens significativas, claro, mas em geral é a postura dela, o seu entusiasmo autossuficiente e evidente destemor que atraem as outras, somados à sua ternura desarmante, muito desejada e concedida apenas a poucos felizardos.

Você tem consciência, quando ela chega naquela noite envolta num xale para ler uma história para seu filho e botá-lo na cama, de que se agarra ao menino não só por causa dos sentimentos que tem por ele, e que são fortes e verdadeiros, mas também porque naquele momento, com os braços em volta do filho, você tem algo que ela quer, uma sensação preciosa, que você deseja prolongar e que, ao mesmo tempo, faz com que você se sinta triste, envergonhado até, por só conseguir despertar dessa forma.

Com a esperança de que isso pudesse ter um impacto positivo no relacionamento com sua esposa, alguns meses atrás você contratou um dos irmãos dela para trabalhar em sua firma. Ele se juntou a um bando de tamanho já considerável de parentes e membros do seu clã que recebem salários de você, muitos sem contribuir significativamente para a empresa. Mas, desde o início, a inteligência e a educação desse seu cunhado fizeram com que ele se destacasse do resto, tanto que você está considerando a ideia de treiná-lo como um possível vice-diretor.

É com ele que, depois de receber do burocrata a sua licença de fornecedor do município e vencer sua primeira concorrência para aumentar o fornecimento de água para a população, você viaja rumo ao litoral para liberar um equipamento na alfândega. Vocês dois vão juntos para o aeroporto. Um novo terminal foi construído do lado oposto ao do terminal antigo da pista de pouso e decolagem, no que antes era um campo de cultivo, mas agora se encontra dentro do âmbito do anel viário, cercado por conjuntos habitacionais, instalações de defesa, aldeias absorvidas por favelas, campos de golfe e esporádicos terrenos em litígio, ainda livres de construções e cobertos com plantações de mostarda, trigo ou milho.

Em virtude de uma classe média cada vez mais hipertrofiada,

que vem se avolumando no corpo de resto esquelético da população como os bíceps superdesenvolvidos de um adolescente, houve um súbito aumento no tráfego aéreo, uma demanda que a companhia aérea estatal simplesmente não tem como atender. Para pegar um voo no horário de sua escolha, você usa uma das várias operadoras privadas regulamentadas de modo indiscriminado. A bordo, você tem dificuldade de ignorar a provável origem militar do avião a jato, revelada, entre outras coisas, no estranho formato das nacelas do motor e na rampa de abertura traseira, adequada talvez para embarcar obuses ou veículos blindados de transporte de pessoal. Você sempre foi fatalista em relação a voar, mas, como pai, você não gosta nem um pouco da ideia de abandonar permanentemente seu filho tão cedo, uma possibilidade evocada na sua imaginação por vibrações violentas que fazem a fuselagem inteira rugir enquanto vocês levantam voo.

Seu cunhado está visivelmente empolgado, contentíssimo por estar sentado na classe executiva e com uma reserva num hotel chique. Ele se parece com sua esposa, ainda que esteja mais para uma versão gorducha, atarracada e bigoduda dela. Ele é sua esposa reduzida em altura, ampliada em largura e profundidade e masculinizada, como que por um programa de computador numa sala de espelhos digital de um museu de ciências. Tem a mesma pele pálida, a mesma boca sensual, os mesmos tiques verbais. Sem se dar conta, você se permitiu criar afeição por seu cunhado não pelo teor do caráter dele, mas pela fidelidade do eco que ele emite.

Quando sai da área de retirada de bagagem na outra ponta do aeroporto, uma lufada de ar quente e salgado bate no seu rosto e o enche de entusiasmo, como sempre, já que aquele lugar está associado na sua cabeça com dinheiro e sucesso. Ao seu redor há uma multidão de pessoas mais diversas do que as que você vê na sua cidade, que falam línguas mais variadas e têm peles, lábios e cabelos que atestam leques geográficos mais amplos de evolução. Elas foram atraídas para aquela cidade colossal pelo comércio vinculado ao porto dali, porto esse que transpõe as rotas marítimas que ligam a Ásia emergente à África, à Oceania e além, e também pela força gravitacional que a cidade exerce simplesmente por ter um tamanho descomunal.

Uma limusine leva você para o hotel, num bairro de prestígio, onde pululam consulados e escritórios de multinacionais, unidos pela história colonial e também pelo acesso relativamente fácil a uma evacuação naval, caso isso seja necessário. Do seu quarto lá no alto, você olha para o mar, que o hipnotiza, um homem das planícies distantes, enquanto você observa a superfície fraturada da água refletir a luz e nuvens esparsas rearranjarem as cores do mar enquanto flutuam correndo no céu. Você belisca chocolates minúsculos e um sortimento de frutinhas exóticas, delicados demais para constituir uma refeição de verdade, e pensa: o sucesso deve ser isso. Ao longe, você vislumbra as docas. É lá que suas máquinas estão.

Você não sabe, mas a uma distância equivalente na direção oposta ao longo da costa, encontra-se a residência da menina bonita. Ela está sentada perto da piscina dela, à sombra de uma árvore, usando um maiô castanho-claro e óculos escuros retrô e bebericando por um canudo dobrável um drinque de frutas sem açúcar. Acabou de voltar de uma incursão a uma série de penínsulas e arquipélagos, a última das viagens de um mês de duração para fazer compras que ela agora faz duas vezes ao ano e que costumam exigir, para cada semana de viagem, pelo menos duas para a obtenção de vistos.

Na sua visita àquela cidade, você e a menina bonita se reconectam, pelo menos tangencialmente, através de um executivo que trabalha na empresa de expedição de cargas pertencente à família dele de dia e, à noite, é frequentador assíduo dos circuitos de arte contemporânea e de moda. No escritório dele, enquanto o homem fala da sorte que você teve por seu burocrata ter solicitado a colegas da alfândega que agilizassem a liberação de seus bens nas inspeções de importação e minimizassem os seus custos de contraestadia, você vê na mesa do executivo uma foto dele numa cerimônia de premiação junto com um grupo de celebridades. Você pergunta num tom aparentemente casual se ele conhece a menina bonita, e ele responde que ah, sim, na verdade, conhece sim.

Por ele você fica sabendo que ela não está trabalhando na televisão já faz algum tempo, que ela está bem e, de fato, bastante ocupada, administrando uma butique requintada de móveis e objetos de decoração, e também — como ele tem um olho clínico para essas coisas e percebe de imediato que o que você disse sobre ser apenas um velho conhecido está longe de ser toda a verdade — que ela está namorando um arquiteto renomado que enviuvou recentemente.

Para você, esses comentários botam a menina bonita claramente em foco, mesmo que esse foco seja apenas um produto da memória e da imaginação, e você sente uma sensação forte, você não sabe muito bem de que tipo, se de alegria ou de tristeza ou de nenhuma das duas coisas ou das duas coisas juntas, mas forte, uma coisa que faz você prender o ar, uma sensação, como asma, de não conseguir esvaziar os pulmões. A reação da própria menina bonita não é muito diferente quando, algumas semanas depois, o expedidor a avista numa recepção vespertina à beira--mar e vai voando até ela, ansioso para conversar, certo de que ela vai ficar mais que surpresa ao ouvir o nome que ele está prestes a deixar escapar, como quem deixa escapar um peido ruidoso durante um abraço apaixonado.

Então, a menina bonita descobre que você é pai, o que forma uma justaposição irônica, de certa forma, embora ela nunca tenha desejado ter filhos, pois ela entrou recentemente na menopausa. Descobre também que seu negócio está prosperando e que você continua a ter um não sei quê de sexy, uma masculinidade rústica, uma certa falta de refinamento, um requebro vulgar comum a pessoas daquele seu fim de mundo no interior, e tão sordidamente sensual e em falta por ali. Ela sorri ao ouvir essa descrição e pede mais, mas decide não divulgar os detalhes do passado que compartilha com você, se não por outra razão, ao menos porque ela nunca falou sobre isso com ninguém e, depois de todos aqueles anos, não parece natural começar agora. Ela diz apenas que você e ela tiveram uma história, certa vez.

Ela própria está razoavelmente contente. A transição de chef televisiva para dona de um showroom de cozinhas planejadas e, depois, para varejista de móveis internacionais exclusivíssimos e bricabraques caríssimos teve seus momentos de dificuldade. Agora, porém, a loja dela está indo de vento em popa; ela tem uma assistente fantástica, uma mulher culta e divorciada que não só tem liberdade para acompanhá-la nas longas viagens que faz ao exterior, como lhe é muito útil como tradutora. Além disso, a menina bonita gosta dessas viagens, encarando-as como aventuras. E quanto aos relacionamentos românticos dela, bem, eles podem não estar sendo muito emocionantes nos últimos tempos, mas pelo menos ainda continuam existindo.

Enquanto ela fala sobre você com o expedidor de cargas, observando dois garçons vestidos com roupas tradicionais penarem para reposicionar uma gigantesca orquídea esculpida no gelo, você também está observando homens labutarem, parado diante do canteiro de obras da sua instalação de extração de água, ao lado de seu cunhado. Apesar do tamanho modesto da obra, seu cunhado encomendou capacetes para os empregados, uma inovação que lhe agradou por acrescentar um verniz de profissionalismo à operação. Seu couro cabeludo transpira debaixo daquele segundo crânio de plástico, sob um impiedoso sol escaldante, e fios de suor escorrem para dentro dos seus olhos, fazendo-os arder, e salgam os cantos da sua boca.

Debaixo de seus pés encontra-se o lençol aquífero sempre gotejante, perfurado por milhares e milhares de canudos de aço acoplados a máquinas que chupam com ganância e sofreguidão. A sua instalação não é a maior do tipo dela, mas é mais admirável do que a maioria das outras, brilhante, imaculada e nova. No entanto, ali parado, por um instante você sente um bafejo de algo totalmente inexplicável, ou pelo menos acha que sente, quando uma brisa escaldante leva até o seu nariz um cheiro parecido com o de sangue, um aroma de ferrugem.

Hoje sua esposa estará, sem dúvida, atuando com o grupo de ativistas para ajudar mais uma esposa espancada, divorciada sem-teto ou viúva deserdada, ações que são totalmente para o bem e nada têm a ver com você, mas contêm certo grau de reprovação implícita. Você fecha os olhos, tomado por um instante de um estranho arrependimento, talvez pelos atrasos sofridos pela obra, ou pelo estado de seu casamento, ou por ter tido seu filho tão tarde e estar, muito provavelmente, fadado a só conviver com o menino por um período bastante limitado do tempo de vida dele. Mas o arrependimento passa. Você se controla, cospe um bolo de catarro ressecado na terra e segue adiante, incentivando a sua equipe de soldadores a meter bronca no trabalho.

9. Patrocine os artistas da guerra

Todos somos informações, todos nós, quer sejamos leitores ou escritores, você ou eu. O DNA em nossas células, as correntes bioelétricas em nossos nervos, as emoções químicas em nosso cérebro, as configurações dos átomos dentro de nós e das partículas subatômicas dentro deles, as galáxias e constelações giratórias que percebemos não só quando olhamos para fora, mas também quando olhamos para dentro, tudo, tudo, cada pedacinho, cada bit e cada byte, é informação.

Agora, se toda essa informação busca compreender a si própria, se essa é a meta derradeira para a qual o nosso universo tende, nós obviamente ainda não sabemos com certeza — embora o fato de nós, seres humanos, termos evoluído, o fato de nós, formas de informação, sermos capazes de compreender quantidades cada vez maiores de informação, sugira que deva ser assim.

O que sabemos com certeza é que informação é poder. E, portanto, a informação se tornou crucial para a guerra, essa nossa forma mais crua de busca do poder. Nos combates modernos, o piloto de um caça, voando acima da terra numa velocidade duas vezes maior que a do som, absorve diferentes fluxos de informação com cada olho — digamos, sinais de radar e rastros de calor com um e reflexos do sol em superfícies de metal distantes com o outro —, uma façanha que exigiu anos de treino da mente e dos órgãos sensoriais, um árduo e meticuloso recondicionamento humano, ou upgrade se você preferir, enquanto, do solo, o general vê a narrativa dele e diversas outras narrativas contemporâneas se desenrolando ao mesmo tempo, assim como faz o corretor de ações do mercado emergente, ou o usuário de dedos ágeis de um controle remoto de televisão, ou quem quer que abra múltiplas janelas de computador, todos nós aprendendo a combinar essas informações, a encontrar padrões nelas, a procurar inevitavelmente encontrar a nós mesmos nelas, a remontar, a partir das histórias do presente de vários outros eus, a história de vida de um plausível eu unitário.

Talvez ninguém faça isso com uma dedicação mais obsessiva ou com maior ferocidade gerencial do que os que se encontram no topo de organizações encarregadas de zelar pela segurança nacional. Esses artistas da guerra permanecem ativos mesmo quando suas sociedades estão oficialmente em paz, já que disputas de poder são incessantes, e na ausência de hostilidades patentes eles podem ser encontrados caçando os sempre presentes inimigos internos, ou partilhando aquele butim sempre convenientemente à mão para os que são capazes de cometer chacinas gratuitas, pois despojos hoje em dia com frequência se disfarçam de contratos de compra e de movimentos de preços de ações. Tomar parte nesses negócios de risco é como ser convidado para voar no grande helicóptero blindado de ataque, dotado de bloqueador de sinais e de projéteis de urânio empobrecido, rumo à riqueza. Portanto, é natural que você esteja neste momento considerando a hipótese de subir a bordo.

Da perspectiva dos aparatos de segurança nacionais do mundo, você existe em diversos locais. Aparece em registros de propriedade e de imposto de renda, em bancos de dados dos departamentos que emitem passaportes e carteiras de identidade. Encontra-se também em listas de passageiros de aviões e em registros de chamadas telefônicas. Zumbe dentro de servidores da inteligência militar protegidos eletromagneticamente e, em buracos fundos debaixo de campos virgens e montanhas inatingíveis, nos backups inacessíveis desses mesmos servidores. Você é impressões digitais, traços fisionômicos, registros dentários, padrões de voz, rastros de gastos, sequências de e-mails. E você é um dos membros de um par de homens de terno sentados no banco de trás de um automóvel de luxo que agora se aproxima de um policial militar uniformizado postado numa das entradas da vila militar fortificada de sua cidade, que data da época colonial.

Esse PM só tem segundos para determinar que veículos devem ser encaminhados ao acostamento para serem revistados pela unidade dele. Caminhões, ônibus e carros ocupados por três ou mais passageiros exclusivamente do sexo masculino e com menos de cinquenta anos de idade são obrigatoriamente inspecionados. Para todos os outros veículos, ele conta com o instinto e também com a aleatoriedade, sendo a previsibilidade um erro fatal em qualquer sistema defensivo. Ele definitivamente não foi com a cara de vocês. Civis ricos, no entender dele, são uma subcategoria de ladrão. Vêm roubando o país na cara dura há gerações. Mas civis ricos costumam ter contatos com generais e, portanto, ficam parcialmente de fora da hierarquia de cinco camadas e de resto clara composta de oficiais graduados, oficiais subalternos, homens alistados, cidadãos leais, inimigos. Os olhos dele perscrutam a sua expressão, percebendo o seu ar calmo de controle, e as expressões de seu colega e do motorista. Ele faz sinal para que vocês sigam em frente.

Uma série de câmaras de circuito fechado de televisão observam vários estágios do seu avanço pela vila militar. Pelos sensores óticos monocromáticos delas o acabamento metálico caro do seu sedã adquire um tom opaco de cinza que poderia ser descrito como cor de rato. Atrás de você há cenários que pouco mudaram desde a independência, imagens de gramados bem aparados, refeitórios com insígnias do regimento, árvores pintadas até a altura da cintura, como se usassem saias brancas. Casas dos descendentes de comandantes de unidades e de divisões fazem fronteira com as de magnatas da oligarquia comercial, e por toda parte há uma atmosfera de ordem contumaz e de graça arborizada cada vez mais rara na sua cidade, grande parte da qual esbraveja do lado de fora daquele enclave fortificado como uma imensa horda migratória sitiando um castelo real.

Outra unidade de PMs acompanha a sua saída da vila militar e, dez minutos depois, seguranças particulares observam você passar sob o arco que sinaliza o início de um condomínio residencial de elite construído, vendido e administrado por uma extensa rede de empresas ligadas às forças armadas. No quartel-general desse empreendimento imobiliário, o olhar de um atirador de elite postado em cima de um telhado acompanha você e seu cunhado, que é também seu vice-diretor e chefe de operações, enquanto vocês saltam do carro. Dentro do quartel, um brigadeiro aposentado aperta a mão de vocês dois, os conduz à sala da diretoria e lhes fala, com orgulho de proprietário, sobre o último projeto deles.

"A fase dez é gigantesca", diz ele. "É maior do que as fases um a cinco juntas. Maior do que a sete e a oito combinadas. Maior até do que a seis, e a seis foi enorme. A dez é um marco. É o nosso carro-chefe. Com a dez nós estamos galgando outro patamar. A dez vai ter uma central elétrica própria. Não vai haver apagões na dez."

Ele faz uma pausa, esperando alguma reação.

"Incrível", é a resposta que seu cunhado oferece. "Inacreditável."

"Mas não é só isso. Outros condomínios de primeira estão instalando centrais elétricas. Nós estamos fazendo isso em todas as nossas fases, em todas as nossas cidades. Não, o que vai fazer com que a fase dez seja única, e que é o motivo de vocês estarem aqui, é a água. Água. Na dez, quando você abrir uma torneira, você vai poder beber o que sair dela. Em qualquer lugar. No seu jardim. Na sua cozinha. No seu banheiro. Água potável. Quando você entrar na fase dez, vai ser como se estivesse entrando em outro país. Em outro continente. Como se tivesse ido para a Europa. Ou para a América do Norte."

"Sem sair de casa", diz seu cunhado.

"Exatamente. Sem sair de casa. Você ainda vai estar aqui, mas numa versão daqui que é segura, murada, conservada de forma impecável, bem iluminada à noite, onde os ruídos são controlados e tudo funciona na mais perfeita ordem. Será uma inspiração para o país inteiro e para os nossos compatriotas que moram fora também. Onde até a água é tão boa quanto a melhor que existe. Categoria internacional."

"Fabuloso", diz seu cunhado, prestando continência para dar mais ênfase.

"É possível fazer isso?"

"É."

O brigadeiro sorri. "Resposta certa. Nós sabemos que é possível. O que nós queremos saber, na verdade, é quem pode fazer isso. Quem pode ser o nosso parceiro regional. Nós estamos criando uma subsidiária para cuidar da água. Vamos ter consultores internacionais de altíssimo nível. Mas precisamos de alguém para executar o serviço, alguém que tenha um histórico de realizações nesta cidade. E é por isso que vocês estão na nossa lista de empresas selecionadas. Será a nossa marca, a cara que nós mostraremos para o público. É claro. Mas nós não temos como fazer isso sozinhos, ainda não temos como fazer. Então, trabalhar conosco nesse empreendimento será uma excelente oportunidade de ganhar dinheiro, sobretudo enquanto nós estivermos nos inteirando das especificidades do ramo."

"Nós estamos muito entusiasmados com essa oportunidade."

"Estão?" O brigadeiro olha de forma patente na sua direção, onde até então você vem acompanhando a conversa em silêncio. Ele sabe identificar um macaco velho quando se vê diante de um e acredita saber o que você está pensando. Há sérios desafios técnicos a serem vencidos, sendo um dos maiores derivado do fato de que o lençol aquífero que fica embaixo da cidade está diminuindo drasticamente de volume e ficando mais contaminado a cada ano que passa, enquanto substâncias químicas venenosas e toxinas biológicas penetram nele como substâncias adulterantes na veia arruinada de um viciado em heroína. Serão necessários equipamentos potentes de extração e purificação de água e também, muito provavelmente, um plano para puxar água de canais destinados ao uso na agricultura, uma água disputada com fúria e ela própria repleta de resíduos de pesticida e fertilizante.

No entanto, ele desconfia que não sejam esses obstáculos que estejam fazendo você hesitar. Não, pensa o brigadeiro, você está preocupado porque sabe muito bem que quando empresas ligadas às forças armadas avançam sobre um mercado, as linhas de frente mudam com enorme rapidez. Nós conseguimos obter licenças que ninguém mais consegue. Entraves burocráticos se desfazem com facilidade para nós. E reaparecem em volta dos nossos concorrentes. Então, nós conseguimos avançar com ligeireza, o que nos torna adversários comerciais perigosos. Mas também torna os nossos empreendimentos mais empolgantes. E, no presente caso, nós vamos tocar o projeto adiante quer você se junte a nós ou não. É melhor, com certeza, ser nosso aliado do que ser mais um fornecedor que nós empurramos para o lado como quem enxota uma mosca. Além disso, pelo menos no curto prazo, nós apenas estamos oferecendo dinheiro demais para você recusar.

"Sim", você responde inevitavelmente e como era esperado.

O brigadeiro balança a cabeça em sinal de aprovação. "Muito bem, então. Até o início da semana que vem nós enviaremos a vocês o pedido de proposta. Senhores."

Ele se levanta e a reunião chega ao fim.

Naquela noite, um de seus quatro guardas de segurança uniformizados e armados com espingardas de repetição sai da guarita ao lado do portão de aço para fazer uma ronda ao longo do perímetro de sua propriedade. Trabalhando em dois turnos de doze horas e em pares, os guardas são, junto com os muros externos encimados por arames farpados e uma pistola automática nove milímetros dentro da gaveta trancada de sua mesa, um elemento-chave das medidas que você tomou para defender sua mansão contra ladrões, sequestradores e concorrentes inescrupulosos — as ameaças constantes que a sua riqueza gera. Esse guarda específico, um soldado de infantaria aposentado, se sustenta com uma combinação do salário que recebe de uma firma de serviços de proteção, das gratificações que recebe de você em datas festivas e da aposentadoria que recebe do Exército. Em troca da última, ou talvez por um patriotismo menos mercenário, os olhos e ouvidos dele continuam à disposição da segurança nacional, o que faz com que ele seja uma minúscula parte daqueles vastos enxames de recursos humanos clandestinos em atividade não só na sua cidade, mas em todas as cidades e em todos os países do mundo.

Neste momento, os olhos e os ouvidos dele, ou melhor, só os olhos, já que a distância reduz um pouco a utilidade dos ouvidos, permitiriam que ele relatasse que você pode ser visto por uma janela, sentado diante da mesa de jantar da sua ala da casa, esperando, como costuma fazer a essa hora, a chegada de seu filho, que pode ser visto atravessando o saguão que separa a sua ala da ala da sua esposa. Ela é uma senhora muito benquista por gerir uma organização religiosa beneficente sem fins lucrativos e, quando o segurança trabalha no turno do dia, as tarefas de longe mais frequentes que ele tem que realizar são receber as cartas registradas que o tempo todo chegam para ela com doações e abrir e fechar o portão para o animado grupo de voluntárias, sempre vestidas com recato devoto, que se reúne com ela.

Tanto os guardas como alguns dos empregados domésticos sabem que a separação entre você e sua esposa vai além da divisão da planta baixa da casa, abrangendo o âmbito sexual e o financeiro também. Sua esposa invariavelmente dorme sozinha e faz questão de pagar as próprias contas, com o modesto salário que retira para si da organização sem fins lucrativos. A faxineira entreouviu-a dizer que ela pretende coabitar com você só até seu filho atingir a idade adulta, e agora só faltam mais dois anos para que isso aconteça. Para o segurança, que tem conhecimento desse plano, ela passa uma imagem devastadoramente romântica, por ser tão casta e determinada, e quando ele por acaso vislumbra o cabelo grisalho e jamais tingido dela, uma mecha do qual de vez em quando escapa por baixo do véu, o coração senescente dele logo dispara.

O guarda vê você abraçar seu filho quando o menino chega para jantar. Seu filho é alto para a idade que tem, já quase tão alto quanto você, mas magro e efeminado, um adolescente angustiado e antissocial que passa quantidades desmesuradas de tempo autoexilado no próprio quarto. No entanto, você olha para ele como se ele fosse um campeão, fisicamente forte e mentalmente arguto, um líder nato de homens. Dizem com frequência na casa que, na única hora por dia que você passa com o seu filho, durante o jantar, você ri e sorri mais do que nas outras vinte e três.

Mais tarde naquela noite, por uma fresta nas cortinas do seu escritório, o guarda vê você ligar uma luminária e depois se acomodar em algum lugar fora de vista, sozinho. O seu criado particular entra, trazendo uma bandeja com seus remédios para o colesterol e para afinar o sangue, uma colher de sopa de cascas de semente de *psyllium* e um copo com água. Pouco depois, o criado sai de mãos vazias. A luz continua acesa, mas do ponto de vista do guarda não há outros sinais de atividade de sua parte.

Virtualmente, porém, você pode ser rastreado — e de fato é, como somos todos nós — enquanto lê seus e-mails, se inteira das notícias, faz uma busca e acaba parando e se demorando, incongruentemente, no site de uma butique de móveis. Pouca coisa há ali; o site não oferece serviços de encomenda e nem mesmo um catálogo. Há apenas uma home page com algumas fotos e um texto, uma seção de contatos com números de telefone, endereço e um mapa, e uma breve biografia da dona, uma mulher de seus sessenta anos, a julgar pela fotografia, com uma carreira heterodoxa e variada. Sob todos os aspectos, um lugar estranho no éter para captar a atenção de um industrial da água. O histórico de suas perambulações pela internet indica que você nunca visitou aquela página antes. Nem, segundo os registros, tornou a visitá-la depois.

O site em questão está registrado em outra cidade, com o endereço residencial da dona, que, como muitos ou talvez até a maioria dos usuários de computador, nunca se preocupou muito com coisas como *firewalls*, atualizações do sistema ou programas antivírus e que tais. Consequentemente, o laptop dela, embora seja uma máquina esguia, potente e sofisticada, está simplesmente abarrotada de fauna digital, de uma forma muito semelhante à que o teclado do laptop está abarrotado de bactérias e micro-organismos invisíveis, salvo pelo fato de que entre os invasores codificados indesejados do laptop há um programa militar que permite que o microfone e a câmera embutida da máquina sejam ativados e monitorados remotamente, façanha que é muito pouco provável que um protozoário unicelular consiga realizar e que transforma o laptop, na realidade, num dispositivo de vigilância camuflado ou, dependendo da intenção do administrador do software de monitoramento, numa fonte de pornografia e striptease voyeurístico.

No momento, porém, não parece haver nada tão excitante à vista. O computador está aberto em cima de uma bancada e, pela câmera, pode-se ver uma mulher sozinha, sentada diante de uma mesa baixa, terminando uma refeição e uma garrafa de vinho tinto. A menina bonita mantém uma expressão atenta, mas não olha nem para as próprias mãos nem para a comida; ouve-se uma música, depois uma conversa, depois ruídos de tempestade, até que fica claro que ela está assistindo a um filme. Quando o filme acaba, ela apaga as luzes e some de vista. Então, ouve-se um som longínquo de água corrente. A menina bonita reaparece no quarto dela, visível pelo vão da porta, vestindo um pijama e limpando o rosto com uma série de discos de algodão embebidos com o líquido retirado de um frasco transparente. Ela fecha a porta do quarto e a tranca, sendo o barulho do deslizar de um ferrolho captado pelo microfone do laptop. Uma lâmpada é apagada e a claridade que escapava pelo pequeno espaço em volta da porta do quarto se extingue.

Na noite seguinte, a menina bonita chega em casa tarde, vestida como se tivesse acabado de voltar de uma festa, com uma blusa de gola alta e sem manga, que deixa à mostra braços firmes, veiados e fortes. Mas na noite seguinte a menina bonita está de novo sozinha, fazendo uma refeição solitária regada a vinho, enquanto vê um filme. Nessa terceira noite, porém, ela recebe um telefonema. Quem liga é uma mulher, identificada com facilidade como a assistente da menina bonita, pois o celular que ela usa está vinculado a uma conta de e-mail com mensagens que relatam as atividades dela para a butique da menina bonita.

Uma gravação da conversa telefônica delas revela um tom de afeto, que deixa claro que as duas não são apenas colegas, mas também amigas. Elas discutem uma viagem de compras a um país tropical famoso por suas florestas luxuriantes, suas numerosas ilhas e montanhas vulcânicas, bem como, presume-se, pelos móveis que fabrica. Da câmera do laptop dela, a menina bonita parece animada, empolgada até, dando a impressão de que essas viagens ao exterior são algo por que espera ansiosamente. A assistente lhe informa que os vistos delas chegaram, que os voos e os hotéis estão reservados e que os contatos de que elas dispõem nos locais de destino estão avisados e prontos para recebê-las. Nomes de restaurantes são mencionados e também uma apresentação de um tipo de música a que elas planejam assistir. A partida será dali a apenas uma semana.

A menina bonita sorri depois da conversa das duas. O laptop está posicionado de costas para o quarto dela, então os rituais que ela realiza antes de dormir não podem ser vistos naquela noite. O que aparece são as barras de ferro das janelas dela, barras grossas e pouco espaçadas, e um sensor de movimento quadrado preso no alto da parede. Abaixo dele, perto da porta da frente, encontra-se o teclado do sistema de alarme da casa. Uma luz no painel de controle passa de verde para vermelho, sinalizando que o alarme agora está ativado. Talvez isso aconteça automaticamente, num horário pré-programado. Ou talvez a menina bonita o tenha ativado a partir de outra unidade mantida ao alcance da mão.

Nas ruas lá fora, um telefonema está sendo feito para a delegacia de polícia para comunicar que disparos de armas de fogo foram ouvidos. Ninguém é imediatamente despachado para o local para investigar. Em outro lugar, um corpo sem cabeça e sem os dedos das duas mãos será encontrado numa praia. As estatísticas criminais irão confirmar que um número significativo de moradores prósperos está sendo roubado ou tendo sua residência arrombada e saqueada no presente momento. O contato entre extremos de riqueza e de pobreza estimula esses incidentes, é claro. Mas as batalhas do submundo organizado por território ofuscam quaisquer tentativas individuais de fazer uma redistribuição armada de joias ou telefones celulares, e então, mesmo naquela cidade extremamente desigual, a imensa maioria dos atos de violência daquela noite será cometida em bairros cujos residentes com certeza são pobres.

Forças paramilitares são empregadas para evitar que essas batalhas transbordem com facilidade demais para áreas consideradas vitais para a segurança nacional, como o porto, por exemplo, ou enclaves residenciais abastados, ou para aquelas avenidas comerciais importantes das quais se erguem os quartéis-generais de grandes empresas e bancos. Na verdade, uma blitz paramilitar está, neste momento, em operação a poucos metros de distância do arranha-céu onde está instalada a sede do banco que detém as contas da menina bonita, da butique e da assistente dela.

Um exame dos registros do banco revela que, embora não esteja nadando em dinheiro, a menina bonita tem um pé-de-meia bastante razoável, reservado para tempos de vacas magras, e que os lucros da butique oscilam, mas conseguem, na média, se manter acima das despesas. A assistente tem autoridade para assinar cheques da conta da butique até um determinado valor, o que indica que ela goza de um grau de confiança raro, e recebe um salário respeitável, que foi sendo aumentado regularmente ao longo dos quinze anos que ela vem trabalhando para a menina bonita. Os gastos mensais da assistente com luz, gás, água e aluguel, somados à absoluta inexistência de despesas escolares, sugerem que ela também more sozinha, ou talvez com pais idosos, pois o cartão de crédito dela mostra despesas médicas frequentes, pagamentos a diversos médicos, centros de diagnóstico e hospitais, contas que às vezes excedem o salário dela, mas que são quitadas regularmente pela menina bonita, por meio de transferências diretas das quantias necessárias da conta pessoal dela para a conta da assistente.

No topo dos escritórios altíssimos do banco, há luzes que piscam para advertir aviões que passem ali por perto, luzes que cintilam serenamente, bem acima da cidade. Lá embaixo, como se pode ver por câmeras de segurança do heliporto, partes da metrópole estão às escuras, as faltas de energia significando que a iluminação de áreas inteiras é interrompida em sistema rotativo, em geral, mas nem sempre, de hora em hora, e nessas regiões de breu, àquela hora da noite, pouco se pode ver além de um ou outro prédio com gerador próprio, a artéria brilhante de uma via principal iluminada por faróis ou, numa transversal sinuosa, tão fraco quanto é possível imaginar, o ziguezagueante rastro vermelho de uma motocicleta solitária tentando evitar algum perigo desconhecido.

Uma semana depois a cidade é um labirinto ensolarado de tons de bege e de creme sujo se afastando debaixo de um avião a jato no qual a menina bonita e a assistente dela são passageiras registradas, enquanto ele sobe em direção ao céu e avança rumo ao mar. O avião é detectado pelo radar de um navio de guerra em águas internacionais, identificado como um voo comercial que não representa nenhuma ameaça imediata e depois ignorado a maior parte do tempo, enquanto o navio usa suas antenas para continuar a farejar, como se fossem feromônios, as emissões de elétrons que emanam de instalações militares costeiras.

O avião sobe, atravessando um aglomerado de nuvens esparsas. Mais ou menos na mesma altitude, mas bem no interior do país, um veículo aéreo não tripulado experimental voa na direção contrária. Ele é pequeno e tem autonomia de voo limitada. Suas principais vantagens são o baixo custo, que permite que ele seja adquirido em grandes quantidades, e o comparativo silêncio, que permite que ele se desloque sem ser notado. Há muita torcida para que o veículo tenha êxito no mercado de exportação, em especial entre forças policiais e exércitos depauperados envolvidos em operações urbanas.

Nas cercanias da cidade acima da qual esse drone está testando os seus parâmetros de desempenho, uma multidão se reúne diante de um cemitério. Dois veículos se destacam entre os que estão estacionados ao redor. Um deles é uma van que traz o nome e o número de telefone de um pintor comercial especializado em pinturas com pistola de ar comprimido e que talvez pertencesse ao próprio falecido, pois está sendo usada como carro fúnebre para transportar o corpo envolto numa mortalha branca. O outro é um automóvel de luxo, do qual emerge um par de figuras masculinas de terno, um homem de seus sessenta anos e um adolescente esguio, talvez neto dele. Os dois estão extremamente bem vestidos, em contraste com a maioria das outras pessoas presentes. No entanto, eles devem ser parentes próximos do homem que morreu, já que emprestam os ombros para a tarefa de carregar o corpo dele até a cova. O mais velho deles agora começa a soluçar, seu tronco se contraindo em espasmos, como que acometido por um acesso de tosse. Ele olha para o céu.

O drone voa em torno do cemitério algumas vezes, sem que seu olho potente pisque uma única vez, e depois segue em frente, vigilante.

10. Faça malabarismo com as dívidas

Nós precisamos correr. Estamos nos aproximando do nosso fim, você e eu, e este livro de autoajuda também. Bem, pelo menos, o eu dele está, assim como a ajuda que ele oferece, embora a essência livresca dele, sendo livresca, possa por definição perseverar.

Enquanto meus dedos de escritor digitam e seus olhos de leitor se movem de um lado para o outro, você se encontra na beira da octogésima década de sua vida, consideravelmente careca, relativamente magro, obstinadamente ereto. Seus pais morreram, seus irmãos que tinham sobrevivido já não sobrevivem mais, sua esposa se separou de você e se casou com um homem mais próximo dela tanto na idade como na visão de mundo e seu filho optou por não voltar ao país depois de concluir os estudos na América do Norte, que, apesar da ascensão da Ásia, conserva certo poder de atração para um jovem artista conceitual de quadril ossudo e lábios de mel.

Pela janela do seu escritório você vê a sua cidade se transformando ao redor, as restrições de zoneamento e planejamento sumindo furtivamente, fundações profundas e canteiros de obras com esqueletos de edifícios ocupando terras que apenas alguns anos atrás teriam aparecido, numa fotografia aérea, infladas aqui e ali com casas de campo opulentas, pitorescas e fofas como se fossem feitas de confeito. O sol está gordo e baixo, bem na linha dos seus olhos. Ouve-se uma voz. Ela emana do seu ex-cunhado, que ainda é seu vice-diretor e está sentado atrás de você, insistindo novamente para que você contraia mais dívidas.

Nisso, ele tem toda razão. Com dinheiro emprestado, uma empresa pode investir, pode alavancar seu patrimônio líquido, e a alavancagem é um par de asas. A alavancagem é voo. A alavancagem é uma forma de o pequeno ser grande e de o grande ser imenso, uma gloriosa abstração, é a promessa do amanhã hoje. Sim, é se libertar do tempo, é a vitória retumbante da vontade humana sobre a enfadonha realidade física algemada à cronologia. Alavancar é ser imortal.

Ou se não é, garante seu vice, pelo menos o oposto é verdadeiro.

"Se não fizermos empréstimos, nós vamos morrer", ele diz.

Você para de olhar pela janela e se senta de frente para ele. "Você está exagerando."

"Nós não somos grande o suficiente. O setor está se consolidando. Daqui a dois anos, não vai mais haver uma dúzia de empresas de água operando nesta cidade. Vai haver três. No máximo quatro. E nós não seremos uma delas."

"Nós vamos competir pela qualidade."

"É só água, porra. A gente não faz nada além de cumprir a especificação."

Seu vice anda falando com você em tons cada vez mais ríspidos, quase beirando a agressividade. Se isso é porque ele culpa você pelo fracasso do seu casamento com a irmã dele, ou porque, sendo um homem mais jovem, ele teme você cada vez menos à medida que a idade cobra o tributo dela ao seu corpo, ou porque ele finalmente está confiante de que é um elemento indispensável para o bom funcionamento dos seus negócios, você não sabe.

"Isso não é verdade", você diz.

"Até certo ponto, é sim. Ou nós compramos um concorrente ou vendemos a firma. Ou vamos ruir."

"Nós não vamos botar a firma à venda."

"É o que você sempre diz. Então vamos comprar."

"Nós nunca fizemos uma dívida tão alta."

"É arriscado. É uma aposta. Mas é uma aposta que temos uma boa chance de ganhar."

Você capta naquele momento um reflexo de sua ex-mulher na aparência de seu vice-diretor, vislumbrando, como acontece periodicamente, um floreio revelador da mão genética que desenhou os traços de ambos, traços bonitos no caso dela e meio cômicos no caso dele. Você confia em seu ex-cunhado. Não inteiramente, mas o bastante. E, mais que isso, você sente que ele pode ter uma compreensão melhor do futuro rumo dos seus negócios do que você. Mas, acima de tudo, você não se importa mais tanto com as consequências. Nos últimos tempos, você tem tido a impressão de só estar cumprindo mecanicamente as tarefas da sua vida, tarefas como se levantar, fazer a barba, tomar banho, se vestir, ir para o trabalho, comparecer a reuniões, receber telefonemas, voltar para casa, comer, cagar, ir para a cama, tudo por puro hábito, sem nenhum objetivo real, como o funcionamento de um medidor de água obsoleto, desconectado do sistema de cobrança, que continua a girar, mas cujas medições não são mais registradas.

Então você diz: "Está bem. Vamos comprar".

Seu vice fica satisfeito. Ele, por sua vez, se considera um membro em grande parte leal da sua equipe. Em grande parte leal porque, ao longo das duas últimas décadas, ele vem subtraindo às escondidas da empresa apenas quantias que não chegam a causar nenhum grande estrago, quantias essas que ele escondeu no exterior, bem longe da vista de todos, como uma medida de precaução para o caso de o emprego dele vir a deixar de existir de repente. No entanto, um duro período de teste se aproxima, já que a própria viabilidade da sua empresa está em risco; e, apesar de receber um ótimo salário, seu vice poupou muito pouco, mantendo um padrão de vida de dono e não de gerente de empresa, e é bem possível que agora seja a última chance que ele vá ter de se apoderar de uma fatia maior do bolo. Comprar outra companhia dá a ele a oportunidade de embolsar uma comissão vultosa, uma espécie de indenização não oficial da qual ele se considera muito merecedor.

Naquela noite, você faz a viagem de volta para casa sozinho no banco de trás da sua limusine, atrás do motorista uniformizado e de um guarda que segura um fuzil de assalto ereto e encostado ao peito. A cada sinal de trânsito, pessoas se grudam à sua janela para fazer súplicas, mendigos, um deles sem braço, outro sem dentes, outro um hermafrodita com a cara coberta de pó branco e com um sorriso oblíquo. Você vê um homem numa motocicleta, que também transporta a mulher e os filhos dele, desligar o motor enquanto espera o sinal abrir. Por catorze alto-falantes e quatro *subwoofers*, seu rádio murmura a notícia de que muitas bombas foram detonadas num mercado abarrotado de gente no litoral. Você solta alguns palavrões, com resignação. Se eclodirem tumultos e manifestações em protesto, um carregamento seu pode ficar preso no porto.

Nos meses que se seguem, seus negócios são quantificados, digitalizados e conectados a uma rede global de finanças; as suas atividades são absorvidas, causando não mais que uma marolinha num oceano matemático coletivo de instáveis fluxos de caixa presentes e futuros. Um consórcio de bancos é formado, acordos são firmados, escritórios, caminhões, equipamentos e até a sua residência particular são oferecidos como caução, o butim é creditado eletronicamente na conta de um fundo de reserva para aquisições, um alvo é contatado e os termos básicos da capitulação dele, negociados. O acerto proposto tem um preço alto, mas não exorbitante, com uma chance razoável de dar certo.

A questão poderia ter sido resolvida assim, não tivesse o destino, ou a trajetória narrativa, interferido, na forma de uma doença arterial coronariana. Você está tentando dormir quando a dor começa, suave, uma sensação de dormência que vai descendo por um de seus braços. Você acende a luz de um abajur e se senta. É então que uma viga invisível se choca contra o seu peito, certamente o achatando, forçando você a fechar os olhos. Você não consegue respirar. A pressão é insuportável, mas depois se abranda, e então você se sente fraco e vagamente enjoado. Seus braços e pernas magros suam dentro do pijama de algodão fino, apesar do frio. Você abre os olhos. O seu tórax está intacto. Você abre um botão e passa os dedos ao longo das costelas; as suas unhas estão compridas demais e levemente sujas; os seus pelos ali são brancos e encaracolados. Não há nenhum ferimento visível, mas o homem que você toca se sente frágil. De manhã, ainda acordado, você sai para ir ao médico.

O hospital é grande e está lotado; doações caritativas, inclusive vindas de você, garantem que muitos dos pacientes que o hospital recebe sejam extremamente pobres. Uma aldeã à beira da morte está deitada num banco, e o ar de perplexidade no rosto dela faz com que você se lembre de sua mãe. Como não consegue andar sozinho, você está se apoiando no chofer. Você tropeça e, para o seu constrangimento, ele o pega do chão, fácil, como poderia pegar uma criança ou uma jovem noiva. Você ordena que ele o ponha numa cadeira de rodas. Sua voz está rouca e você tem que repetir a ordem. Um homem está passando um esfregão imundo no que parece ser um rastro de urina e recomendando às pessoas, quase sempre em vão, que não pisem ali.

Seu médico saiu da sala de consulta dele para saudar você, uma honra sem precedentes. Ele dá o sorriso habitual, mas se abstém de sacudir o dedo na sua direção, como costuma fazer, como se você tivesse cometido alguma travessura. Em vez disso, diz num tom de voz alegre: "Nós vamos direto para a UTI". Ele próprio empurra sua cadeira de rodas até lá, dizendo ao chofer que ele não pode acompanhá-los, mas certamente deve esperar no hall, pois a ajuda dele pode ser necessária.

Você dá sorte: o segundo ataque cardíaco acontece dentro da UTI. Quando recobra os sentidos, você está transformado numa espécie de ciborgue, meio homem, meio máquina. Eletrodos conectam seu peito a um terminal de computador que apita sem parar, um tubo transparente conduz oxigênio de um tanque de metal ali perto para suas narinas e outro tubo transporta fluidos de uma bolsa de plástico para sua corrente sanguínea por meio de uma agulha presa com esparadrapo no pulso. Você entra em pânico e começa a se debater, mas seus braços e suas pernas mal se mexem e você é gentilmente contido. Uma enfermeira fala. Você sente dificuldade de acompanhar o que ela diz, mas entende que, por ora, aquele aparato e você são inseparáveis.

Ser um homem que, para permanecer vivo, tem que estar ligado a máquinas, várias máquinas, no seu caso interfaces elétricas, gasosas e líquidas, é experimentar o choque de se ver dentro de uma rede invisível que de repente se torna palpável, como uma mosca pega numa teia de aranha. Os fios inanimados presos ao seu corpo ainda precariamente animado conectam-se, por sua vez, a outros fios, ao sistema elétrico do hospital, ao gerador de emergência do hospital, à infraestrutura de tecnologia de informação do hospital, à unidade que produz oxigênio, às pessoas que recarregam e trocam os tanques, ao departamento que adquire medicamentos, aos caminhões que os entregam, às fábricas em que eles são produzidos, às minas em que as matérias-primas necessárias emergem e assim por diante, do seu corpo para o quarto em que você se encontra, para o edifício inteiro e saindo porta afora para o mundo além, espelhando em patente realidade exterior sistemas internos preexistentes e, felizmente, despercebidos, as veias, os nervos, os tendões, os gânglios linfáticos, sem os quais você não existe. Ainda bem que você pega no sono.

Na próxima vez que acorda, seus sobrinhos estão lá, os filhos de seu irmão e também, surpreendentemente, sua ex-mulher, junto com o novo marido, um homem barbado de ar paternal que o deixa desorientado, porque é praticamente uma geração mais novo que você. A iluminação do quarto é estranha, futurista, fruto ou de alguma tecnologia avançada de lâmpadas ou do seu estado mental confuso. Seu médico dá tapinhas na sua mão e resume para você, na presença de todos, a situação geral e o rumo do tratamento. Seu prognóstico não é fantástico. Os músculos do coração ficaram debilitados e ele está bombeando uma fração de sangue perigosamente baixa por batimento. Esse problema não é necessariamente fatal de imediato, seu médico já teve um paciente que melhorou e continuou vivo durante anos depois de sofrer uma deterioração de grau semelhante. Mas você também tem obstruções graves nas artérias coronárias e, por isso, corre o risco de sofrer outro ataque cardíaco, que muito provavelmente seria fatal. Na sua situação, no entanto, fazer uma ponte de safena ou uma angioplastia está fora de cogitação, e sair do hospital, no entender do médico, também seria imprudente. O melhor seria esperar e ver o que acontece.

Você interpreta esse conselho como uma recomendação cifrada para que você se prepare para morrer, uma ideia reforçada pela lâmina de água que você vê dançando nos olhos de sua ex-mulher. Ela vem visitar você no hospital todos os dias, em geral sem o marido. É formal com você, mas também eficiente, como se estivesse representando o papel de uma administradora dedicada num filme. Sob a supervisão dela, uma segunda opinião é solicitada e depois uma terceira, um novo cardiologista é escolhido e você é transferido para outra instituição. Um especialista de renome mundial concordou em examinar você na próxima vez que vier à sua cidade, o que deve acontecer dali a algumas semanas, e é nele que sua ex-mulher parece depositar as esperanças dela.

Esse especialista de renome mundial parece um ser de outro planeta, com uma pele de brilho alaranjado, dentes de um branco sobrenatural e cabelos tão cerrados que ele poderia andar de moto sem capacete com toda a segurança. Depois de examiná-lo e estudar a sua ficha médica, ele diz que não há porque alguns *stents* nas suas artérias não possam resolver o problema. Existe, claro, uma pequena chance de você morrer na mesa de cirurgia, mas como também existe uma grande chance de você morrer se não fizer a operação, o benefício em potencial parece superar o risco.

Você concorda em se submeter ao procedimento. Ele é realizado enquanto você está acordado e pode ver, desconcertado, por um monitor as imagens transmitidas pela câmera instalada numa sonda robótica que está dentro do seu corpo, enquanto minúsculos dispositivos mecânicos se desenroscam e se expandem dentro de você, forçando as paredes flácidas de suas artérias a se abrirem e prendendo-as no lugar. Você se pergunta se, caso alguma coisa dê errado, você vai ver sua morte representada no microcampo de batalha exibido na tela antes que seu cérebro pare de funcionar, ou se a cadeia de acontecimentos interna irá se desenrolar com mais rapidez do que a transmissão externa, deixando você com um simples breu, apesar de tudo o que aquela sala de cirurgia que mais parece uma nave espacial tem a oferecer. A pergunta, no entanto, fica sem resposta, pois o especialista de renome mundial declara que sua cirurgia foi um sucesso absoluto.

No dia seguinte, depois de fazer o seu exame pós-operatório, ele lhe diz que se, agora que está reabastecido de sangue, o seu coração se recuperar tanto quanto ele acredita ser possível, apesar de sua idade avançada, você terá pela frente muitos meses, talvez até alguns anos, de vida fora do hospital. Você agradece a ele. Agradece também à ex-mulher. É nesse momento que, olhando para o especialista e recebendo dele um solene sinal afirmativo de brilho alaranjado, sua ex-mulher pede a você que relaxe e tente receber as notícias sem se deixar dominar pelo nervosismo e pela agitação. Em seguida, ela lhe conta que o irmão dela, que ela agora gostaria que nunca tivesse nascido, fugiu para o exterior com os fundos que sua empresa havia levantado para fazer a planejada aquisição, talvez incapaz de resistir à oportunidade oferecida a ele por sua ausência; conta também que a sua empresa está, consequentemente, falida, assim como você, e que os policiais plantados em frente ao seu quarto não estão lá para protegê-lo, como você presumira até então, mas sim porque você está tecnicamente preso.

Você recebe as notícias tão bem quanto possível, o que quer dizer que você não morre. Diz para sua ex-mulher que não tem dúvida de que ela não teve nada a ver com isso, que o erro de contratar o irmão dela e confiar nele é de inteira responsabilidade sua e que, em termos de saúde, você está se sentindo muito melhor do que vinha se sentindo há semanas. Não menciona que a gravidade da terra e a pressão atmosférica parecem ter aumentado desde que você sofreu os dois ataques do coração, nem que andar sem ajuda até o banheiro naquela manhã foi como circum-navegar a superfície de uma lua alienígena e inóspita.

Quando ela sai, você fica em silêncio um dia inteiro. Depois, põe mãos à obra. Seus sobrinhos acessam fundos que você depositou em lugares ocultos e que, por estarem escondidos, seus credores não confiscaram. Então, você consegue contratar um advogado criminalista, pagar os subornos necessários, depositar o dinheiro da fiança e alugar um quarto num hotel duas estrelas, tudo isso sem precisar sobrecarregar mais sua ex-mulher, que está longe de ser rica. Ela se recusa, porém, enquanto abaixa sua linda cabeça coberta, a deixar que você a reembolse dos custos vultosos do seu tratamento médico. Era o mínimo que ela podia fazer, ela diz.

Como agora você não tem mais nem motorista nem carro, seus sobrinhos o levam para o hotel no carro deles, vociferando contra seu vice, que eles já desconfiavam que fosse mau-caráter desde a época em que ele os pôs com muito jeitinho para fora da empresa anos atrás, acrescentando mais que depressa que eles não guardam nenhum rancor de você; afinal você é tio deles, e o sangue é mais forte do que essas decepções. Eles o convidam para morar com eles. Você agradece, mas diz que está mais acostumado a viver sozinho. Pelo para-brisa, você vê poeira e poluição pairando sobre a cidade como uma cúpula, transformando o céu em cobre e as nuvens em bronze.

Nos meses que se seguem, você recebe ameaças de morte anônimas e se encontra com políticos que você acreditava serem aliados seus, mas agora mal conseguem esconder um ar de satisfação tripudiante. Você é pego numa das cínicas campanhas pró-responsabilidade administrativa lançadas periodicamente pelo establishment de sua cidade e é atirado à alcateia da opinião pública, enquanto boatos não comprovados sobre seus negócios escusos recebem uma atenção escandalizada nos jornais. Você sempre foi um intruso no meio empresarial e agora, finalmente, foi ferido. É muito natural que você seja sacrificado para que o resto da manada possa continuar a cabriolar.

Quando esse desfecho se torna claro, você aceita a sua sina sem impor muita resistência, lutando, quando luta, em grande parte por hábito e por um sentimento de responsabilidade para com seus ex-funcionários. Dá até a impressão de que uma parte masoquista sua aceita de bom grado ser humilhado dessa forma, de que você sofre de algum impulso maluco de se livrar de sua riqueza, como um animal que se livra da pele velha no outono. Talvez isso contribua para a voracidade com que você é atacado. Quando o frenesi acaba, seus ossos financeiros conservam apenas ínfimas lascas da carne que tinham, mas a limpa não foi total. Você não ficou na miséria. Não foi para a prisão. Você é um velho que mora num quarto de hotel, toma seus remédios, olha pela janela suja para a rua lá embaixo, anda de táxi quando precisa.

Pessoalmente você às vezes parece tímido, hesitante, embora seja impossível saber se essa mudança se deve à sua desdita financeira ou ao declínio de sua saúde. Você se deparou com a realidade de que, com a velhice, as posses de um homem são arrancadas dele, muitas vezes de repente e sem aviso. Você não aluga uma casa para si nem compra um carro de segunda mão. Em vez disso, permanece no hotel, com poucos pertences, não mais do que o que poderia caber numa única mala. Isso convém a você. Ter menos coisas significa ter menos meios de anestesiá-lo para a sua vida.

Perto do hotel há um café que oferece acesso à internet. Você está caminhando para lá agora, lentamente. Como fica sem fôlego com facilidade e precisa parar para descansar, você carrega a haste ultraleve de plástico e metal que seu médico chama, talvez nostalgicamente, de bengala. Você passou mais tempo neste mundo do que passaram, juntos, os três jovens técnicos que trabalham no café. As camisetas, tatuagens e bigodes estilizados

dos três são símbolos de um clã que você não conhece. Eles não ficam contentes em vê-lo. Mas o líder deles, um rapaz com um entalhe feito a navalha na sobrancelha, pelo menos se levanta com um arremedo de respeito.

"Será que você poderia me ajudar de novo?", você pergunta. Ele faz que sim. "Número cinco."

O rapaz tem um jeito brusco, mas atende você de modo meticuloso. Você é acomodado num cubículo, numa cadeira de palhinha firme, mas confortável. Na sua frente há um monitor plano, que exibe um quadro de aviso com o tempo de utilização e o valor a pagar. Escondido sob o tampo de sua mesa, mas ao alcance de seus pés, há um computador da altura de sua canela, para o qual você cuidadosamente se vira de lado a fim de evitar acidentes. Embora pequenos, esses cubículos têm divisórias mais altas do que as que existiam nos escritórios de sua falecida firma, a fim de oferecer aos usuários o máximo de privacidade. O café é escuro, sem outra fonte ativa de iluminação a não ser as telas, e tem um vago cheiro de laquê feminino, suor e sêmen.

Seu filho se materializa diante de você num ângulo que sugere que você está olhando para ele de cima para baixo. Você estica mais as costas, tentando inconscientemente elevar a cabeça a uma altura a partir da qual aquela perspectiva seria normal, mas isso não surte efeito algum sobre a sua leve sensação de desorientação. Como não sabe o que fazer com as mãos, você segura os braços da cadeira. Seu filho congela, se divide em pixels e depois, recuperando os movimentos, fala.

"Pai."

"Meu filho."

Ele está no apartamento dele, um cômodo que mais parece um armazém, mobiliado de forma esparsa com materiais subtraídos de construções, sendo a mesa de jantar uma porta com as dobradiças ainda intactas apoiada horizontalmente sobre duas pilhas de tijolos de concreto. Do lado de fora da janela dele é noite. Ele pergunta com preocupação sobre a sua saúde, você garante a ele que está tudo bem, e vocês conversam sobre política, sobre a economia, sobre os primos dele. Ele não pôde visitar você porque o visto dele está vinculado a um pedido de asilo feito há bastante tempo e ainda em análise. Uma viagem ao país minaria a alegação feita por ele de estar correndo perigo na terra natal.

"Você falou com sua mãe?", você pergunta.

"Não. Já faz um tempo que eu não falo com ela."

"Você devia. Ela sente a sua falta."

"Ah, eu tenho certeza de que sente, ao modo dela."

O amigo do filho passa atrás dele, sem camisa, com a barba por fazer, sonolento. O amigo está escovando os dentes, se preparando para dormir. Ele acena para você e, em resposta, você levanta a mão. Seu filho sorri, vira a cabeça na direção do amigo, fala alguma coisa inaudível e depois se vira de novo para a câmera do computador.

"Está ficando tarde", ele diz num tom de quem pede desculpas.

"Ah, claro. Eu não quero atrapalhar."

"Quando vai ser sua próxima consulta com o médico?"

"Hoje."

"Promete que vai me mandar uma mensagem dizendo como foi?"

Você promete. Os fones pegajosos que estão nas suas orelhas emitem um chape aquático e a imagem do seu filho desaparece como se tivesse sido sugada por um buraco do tamanho de um único pixel, no meio da sua tela. Onde antes havia luz e movimento agora só há quietude, salvo pelos contadores de tempo e de dinheiro num canto da tela. Você paga a conta e vai embora.

Neste momento, a menina bonita também está esquadrinhando uma tela de computador, revisando com a assistente dela os números das vendas do mês, que constituem uma leitura sombria. Naquela noite, ela também irá a um hospital, embora, é claro, ainda não saiba disso.

"Ao que tudo indica, vai ser uma senhora queda", ela diz e dá um sorriso tenso. "Espero que você esteja preparada para o solavanco."

"Eu estou mais que preparada", diz a assistente.

A menina bonita pondera. "Parece que a gente não tem escolha."

"É, parece que não."

"Está bem. Cancele a viagem de compras da primavera."

As duas ficam em silêncio.

"Pode ser que no outono melhore", diz a assistente.

A menina bonita faz que sim. "É. Pode ser."

Ela sai da butique de móveis na hora costumeira, às cinco, e o motorista dela segue às pressas para tentar escapar do engarrafamento, embora os esforços dele tenham que competir com estradas esburacadas. A menina bonita vê pela janela dela séries recorrentes de fossos estreitos. Cabos estão sendo instalados, aparentemente em toda parte, misteriosos cabos encapados de borracha preta, cinza ou laranja, desenrolando-se sem parar de carretéis e entrando como serpentes no solo morno e arenoso. Ela se pergunta o que raios eles estarão ligando.

É tarefa da assistente fechar a butique, mais tarde. A assistente já cuidou disso e está supervisionando a contagem da féria que está sendo realizada pela gerente, em preparação para guardá-la no cofre, quando um tijolo é atirado por baixo da grade de ferro semiarriada para quebrar a porta de vidro da loja. A assistente da menina bonita ouve isso de um pequeno escritório nos fundos da loja e vê, em imagens em preto e branco muito granuladas, num monitor de circuito fechado de televisão, três homens armados entrarem, com os rostos parcialmente cobertos. Instintivamente, ela ativa um alarme silencioso, mete o dinheiro no cofre e gira o disco da combinação, tudo isso para o horror da gerente, que agora teme não sair viva daquela situação.

Os homens armados parecem saber que um alarme foi acionado e, talvez por isso, o líder deles faz menção de dar um tiro na testa da gerente sem dizer uma palavra. Mas ele pensa melhor e fala para a assistente da menina bonita abrir o cofre. Quando, mais por nervosismo do que por bravura, ela hesita, ele bate na cabeça dela com a coronha do rifle, não com muita força, em vista da idade e do sexo dela, mas com firmeza suficiente para derrubá-la no chão. Ela se levanta e obedece. Os homens armados embolsam o dinheiro. O roubo não dura mais do que cinco minutos no total. Guardas particulares chegam em nove minutos, a menina bonita em vinte e dois e a polícia em trinta e oito.

Como precaução, por causa do golpe que a assistente levou, a menina bonita a leva a um pronto-socorro. No carro, ela põe a mão sobre a mão da assistente e segura os dedos dela suavemente, enquanto a mulher menos velha mantém o olhar fixo num ponto à sua frente, atordoada, em silêncio a maior parte do tempo. Uma enfermeira estressada olha depressa para a assistente da menina bonita, diz que é só um hematoma, mais nada, sugere uma compressa de gelo e alguns analgésicos e as manda para casa. Durante a viagem para casa, a assistente se queixa de tontura e náusea. A menina bonita decide levá-la de volta para o hospital. No caminho, a assistente tem uma convulsão e desmaia. Quando um médico examina as pupilas da assistente com uma lanterna, já é tarde demais para tentar reanimá-la e ela morre pouco depois.

É nessa noite que o caso de amor quadragenário da menina bonita com a metrópole que ela adotou chega ao fim, embora ela não se mude de imediato. Um tempo se passa até que ela amadureça essa decisão. Ela também tem que fechar a loja e resolver certas questões práticas. Mas alguma coisa mudou, e ela não tem dúvida de que direção tomar. Fica sentada sozinha na sala de estar, olhando por entre as barras de ferro da janela para a noite lá fora, para as luzes de um avião que sobe no céu, e sente um puxão, do que exatamente ela não sabe dizer, não, não ao certo, só sabe que é uma força que a puxa com suave determinação e que emana da cidade onde nasceu.

11. Concentre-se no essencial

Imagino que, neste ponto, eu devesse considerar a ideia de confessar certas alegações falsas, certos subterfúgios que possam ter sido perpetrados aqui, certos truques que possam ter sido, digamos assim, escamoteados. Mas não vou. Ainda não. Embora admita que a riqueza podre tenha escapado do seu alcance, este livro vai manter por mais um tempinho a inocência dele, ou pelo menos a natureza não jurídica da culpa que ele tem, e continuar a oferecer, por meio de conselhos econômicos, ajuda a dois eus, um deles seu, o outro meu.

Para a nossa sorte, esse conselho não é afetado pela perda de sua riqueza, já que também se aplica às pessoas de poucas posses. E o conselho é o seguinte: concentre-se no essencial. Livre-se do supérfluo, não se perca nos detalhes, priorize o que é fundamental para o seu funcionamento. Neste momento, no seu caso, isso significa cortar os custos até não poder mais.

Você fez isso admiravelmente bem. No hotel de duas estrelas onde agora reside, negociou um aluguel de longo prazo para o quarto que ocupa, pago mês a mês, equivalente a menos da metade do preço padrão, tirando pleno proveito tanto de sua disposição de pagar em dinheiro quanto do fato de que um dia você deu um emprego ao falecido pai do gerente do hotel, que descrevia você com perene — referindo-se obviamente ao sentimento, não ao homem — veneração. Você também se alimenta de maneira frugal, já que seu metabolismo se tornou lento o bastante para que você consiga sobreviver com uma única refeição por dia; economiza em transporte usando táxis em vez de arcar com a despesa de possuir e manter um carro; e evita ficar onerado com contas telefônicas pesadas falando com seu filho uma vez por semana de um café que oferece acesso à internet. Assim, a maior parte de suas limitadas economias permanece intacta, reservada para consultas médicas, exames e remédios, e não parece improvável que, na corrida entre a morte e a penúria, a primeira acabe saindo vitoriosa.

Sua única extravagância é o chá com biscoitos que você oferece, sem falta, aos membros de seu clã que o procuram e manda servir no apertado saguão do hotel. O prédio em si talvez tenha uns dez anos de existência, embora pudesse tranquilamente ter trinta, espremido entre dois outros edifícios com os mesmos quatro andares de altura, largura exígua e data de construção indeterminada, no que antigamente era uma estrada de acesso a um mercado discreto, mas agora se encontra no interior das fronteiras sempre em expansão de uma zona de comércio movimentada e amorfa como uma ameba. Ali perto, são abatidos animais, assados pães e bolos, ajustados divisores de frequência de alto-falantes de alta fidelidade, distribuídos cigarros importados falsificados e vendidas películas de proteção resistentes a impactos para vidros de automóveis, estas com promessa de instalação grátis, um bônus que está longe de ser insignificante, considerando que é necessário trabalhar precisa e intensamente com o rodo para eliminar bolhas de ar desagradáveis de ver.

Os membros do clã que o procuram são em geral, mas nem sempre, pessoas que vieram há pouco de suas aldeias para a cidade, trabalhadores com pouca ou nenhuma qualificação em busca de empregos na construção, nos transportes ou no serviço doméstico. Então, eles olham para as áreas comuns surradas do seu hotel com admiração, encarando a porta automática e os botões de metal do elevador que não funciona e a beleza delicada dos pires e das xícaras de chá como confirmações de que você de fato é, como lhes disseram, um homem importante, uma impressão reforçada ainda pelo talhe elegante de suas roupas e pela postura distinta que você, apesar da idade e dos reveses por que passou, conseguiu em grande parte conservar. Você os ajuda da melhor forma que pode, fazendo ligações, recomendando-os a outras pessoas e respondendo com paciência e detalhes às muitas perguntas que eles lhe fazem.

No entanto, nem todos os que procuram sua ajuda são jovens vindos do campo. Alguns são garotos da cidade, primeira geração de imigrantes, como você já foi um dia, ou segunda, com cortes de cabelo arrojados, expressões espertas e feições ágeis. Outros são mais velhos, têm experiência profissional, até mesmo em cargos de gerência e, às vezes, usam terno e gravata. Para esses visitantes mais sofisticados, seu local de residência é meio decepcionante, mas em geral as desconfianças deles se abrandam durante as conversas, quando fica claro que você é um homem inteligente e bem informado e também um ouvinte generoso, ainda que levemente surdo. Eles vêm até você ansiosos para explorar a sua rede de contatos empresariais e governamentais, uma mina já bastante depauperada, mas que, mesmo assim, você se dispõe de bom grado a garimpar em benefício deles e da qual, não raro, consegue extrair uma pequena pepita de auxílio.

Você não aceita nenhuma gratificação financeira em troca de suas contribuições, nenhuma comissão pelos empregos arranjados nem presentes pelas indicações dadas, tampouco anseia pelas demonstrações de gratidão que lhe são feitas. Suas motivações advêm de fontes diferentes, de resquícios de desejo de se conectar e de ser útil, da necessidade de preencher algumas das longas horas da semana e da curiosidade a respeito do mundo lá fora, das idas e vindas, das voltas e reviravoltas daquela enorme cidade que cerca seu hotel, na qual você passou quase a vida inteira e que um dia conheceu tão bem.

Você ouve relatos de que o nível do lençol freático continua a baixar, enquanto a sede de muitos milhões de habitantes empurra um tubo de aço atrás do outro cada vez mais fundo no aquífero, para encher incontáveis canos esburacados e canais porosos e sem revestimento, fenômenos com os quais você está intimamente familiarizado e com os quais você lucrou, mas que agora estão contribuindo em alguns lugares para uma perceptível desidratação do solo, para a transformação de lama úmida, fértil e híbrida em terra ressequida, rachada e pura. Enquanto isso, esforços semelhantes, tanto oficiais quanto não oficiais, parecem estar em curso para tentar desidratar a própria sociedade, por meio, entre outras coisas, de crescentes restrições a festivais e outras formas públicas de diversão, com resultados parecidos, ou seja, rachaduras, aquelas fissuras cada vez maiores e mais visíveis entre os jovens, jovens esses que lhe parecem mais divididos do que nunca, cindidos numa miríade de tribos incompreensíveis, indicando suas afiliações com um adesivo de carro, um ombro nu ou alguma variação exótica das muitas maneiras possíveis de usar os pelos faciais.

Quando se aventura a sair às ruas para resolver algum assunto, você muitas vezes não consegue saber quais entre aquelas tribos de jovens defendem ou representam o quê. E a impressão que você tem é de que nem eles próprios, por trás das poses que adotam e do gênero que fazem, sabem muito bem o que defendem ou representam, como você mesmo não sabia na idade deles. Mas o que você de fato sente, o que é inequívoco, é uma atmosfera crescente de frustração, raiva e violência, gerada em parte pela maior familiaridade que os pobres têm com os ricos, uma vez que vivem com as caras grudadas naquela límpida e onipresente janela para a riqueza que é a televisão, e em parte pela mudança de mentalidade que resulta de uma alteração externa na curva do fornecimento de armas de fogo. Às vezes, observando os olhares fulminantes que acompanham um automóvel esportivo de luxo que força passagem por uma rua estreita, você quase se sente aliviado por já ter sido desapossado de sua fortuna.

Se, enquanto escrevo, não posso ter certeza de que você não fazia ideia do quanto você e a menina estavam próximos, mesmo assim é razoável supor que isso seja verdade. Ela mora a cerca de trinta minutos do seu hotel, se você voar em linha reta como um pombo-correio, mas como os pombos da cidade tendem a voar em círculos e a fazer muitas pausas, ela pode não estar tão longe assim, ou pode estar bem mais longe. Ela é dona de uma pequena casa e aluga dois dos quartos por um preço abaixo da média do mercado para duas mulheres, uma delas cantora e a outra atriz, ambas em início de carreira e nenhuma delas muito famosa ainda. Somando as economias dela e a renda com os aluguéis, a menina bonita se arranja.

Talvez por causa de uma dorzinha persistente no quadril, ela já não se aventura a sair de casa tanto como costumava. Deixa a maioria das tarefas domésticas para o seu faz-tudo, um homenzinho minúsculo de meia-idade que cozinha, dirige, faz compras e ocupa um quarto de empregado ao lado da cozinha. No entanto, ela dá uma volta no seu parque preferido todos os dias, andando devagar, mas com o corpo ereto, à noitinha durante o verão e o outono e de manhã no inverno e na primavera, quando gosta particularmente de observar os jovens casais de amantes que ali se reúnem para ter encontros furtivos e apressados antes de voltarem para a aula ou para o trabalho.

Em casa, ela se distrai vendo filmes e, principalmente, ouvindo rádio, volta e meia aumentando o volume a ponto de chamar a atenção das inquilinas, que, achando graça, de vez em quando deixam um pouco de lado suas vidas ocupadas para conversar com ela durante alguns minutos, enquanto ela balança a cabeça no ritmo da música e fuma um cigarro. Às vezes, uma delas lhe mostra o último trabalho que fez, um videoclipe ou uma música demo, mas é raro. Ela nunca foi convidada para ir a um set ou a um estúdio. A casa dela fica no final de uma rua sem saída, e da janela da sala do segundo andar ela consegue ver a rua inteira até lá embaixo, passando por um trecho cheio de lojas e restaurantes até um centro de telecomunicações do qual se elevam poderosamente hastes vermelhas e brancas que pairam muito acima das antenas parabólicas, como se fossem mastros eletromagnéticos construídos para navegar as nuvens. Ela comprou a casa por causa da vista.

O temperamento dela não é por natureza propenso à nostalgia; na verdade, muito pelo contrário. Ela se recusa a visitar a metrópole à beira-mar onde passou tantos anos produtivos. Também não tem nenhuma intenção de torrar suas economias para contratar temporariamente uma nova assistente que possa traduzir para ela e ajudá-la a estabelecer contatos, tornando possível realizar uma última edição das viagens ao exterior que ela tanto amava. Na cabeça dela, a volta à região onde nasceu marcou uma ruptura definitiva com aquele período recente de sua vida que ficou para trás.

E, no entanto, seja por causa da idade avançada ou dos estranhos ecos que aquela cidade produz por estar associada com sua infância, a menina bonita com frequência se percebe enveredando por inesperados desvios de pensamento, quando, por exemplo, a sensação de umidade na ponta de um dedo usado para limpar o suor de um copo com água faz com que ela se lembre de um fotógrafo gentil já falecido, ou quando uma brisa que sopra de repente na sua varanda a remete a uma festa à beira-mar a que ela foi anos atrás. Presente e alerta num dado momento, ela pode se ver, atipicamente, perdida em devaneios no instante seguinte.

Vocês se reencontram numa farmácia, um microarmazém lotado e repleto de estrados não muito maiores do que caixas de fósforo, a maior parte deles branca, exibindo textos minúsculos demais para serem legíveis, mesmo forçando a vista, e, de vez em quando, exibindo também selos de autenticidade holográficos iridescentes, que tremeluzem como peixes na luz. Você está avançando gradualmente até o balcão, empurrado pelos que querem chegar primeiro à fila, dependendo de estranhos que reconhecem a sua existência e têm a generosidade de esperar. Adiante, você vê uma pessoa se virar depois de pagar o que comprou, uma pessoa que você tem a impressão de reconhecer. Então, você é tomado por uma forte emoção. Essa emoção é semelhante ao pânico, e você chega a considerar a ideia de enfiar sua receita médica dentro do bolso e rumar em direção à saída.

Mas você fica onde está. À medida que se aproxima de você, a pessoa franze o cenho.

"É você?", ela pergunta. Não é a primeira vez que ela faz isso na vida.

Você se apoia na sua bengala e escrutina a mulher encarquilhada diante de você.

"Sou", você diz.

Nenhum de vocês dois diz nada. Lentamente, ela balança a cabeça e pousa a mão na sua. Você sente a pele macia e fria dela sobre os nós dos seus dedos.

"Eu pareço tão velha quanto você?", ela pergunta.

"Não", você responde.

"Eu pensei que você fosse um rapaz sincero."

Você sorri. "Nem sempre."

"Vamos procurar um lugar para sentar."

Perto da farmácia há um café, que claramente faz parte de uma cadeia de lojas, pois tem a originalidade artificial de uma franquia, seus sofás, cadeiras e mesas aparentemente descombinados correspondendo a um esquema preciso e predeterminado, descrito na seção de experiência do manual de normas de procedimento de uma marca empresarial. A mobília e os assessórios do café evocam décadas passadas. Já a música, o cardápio e, acima de tudo, os preços são totalmente contemporâneos. Para clientes jovens e endinheirados, o efeito pode ser agradável, transportando-os daquela rua específica naquela vizinhança específica para um reino virtual habitado por pessoas muito parecidas com eles espalhadas por toda a Ásia emergente ou até pelo resto do planeta. Mas para você, que se lembra que um vendedor de frutas ocupava aquela loja específica até alguns meses atrás, a falsa aparência surrada daquele estabelecimento seria desorientadora. Normalmente. Hoje você nem nota.

Enquanto tomam chá, você e a menina bonita conversam sobre o que ex-amantes que se reencontram depois de um tempo equivalente à metade de uma vida costumam conversar, ou seja, sobre a saúde de vocês, a trajetória de suas carreiras, as lembranças que vocês compartilham, sim, isso muitas vezes rindo, bem como o atual paradeiro de vocês e, de passagem, tão tangencialmente que quase nem chegam a tocar no assunto, se vocês estão solteiros no momento. O garçom é delicado, vendo um par de idosos debruçados um em direção ao outro e totalmente absortos na conversa, o que é, claro, o que você também vê. Só que isso não é tudo o que você vê, pois você vê também, se sobrepondo ao corpo reduzido da menina bonita, ou talvez bruxuleando dentro dele, uma entidade mais alta, mais forte, mais exuberante, que está feliz naquele momento e ainda é capaz de brincar na água que às vezes inunda um olho.

"É estranho nós usarmos a palavra aposentados", diz a menina bonita, terminando de tomar o chá dela.

"Nós estamos desempregados", você a corrige. "Um desempregado parece mais vivo do que um aposentado."

"Você está procurando emprego?"

"Não."

"Então a palavra é aposentado mesmo."

Você enche dois copos com água.

"Você devia me entrevistar", você diz, entregando um copo para ela. "Depois eu entrevisto você. Aí nós vamos estar desempregados."

Ela toma um gole da água. "Só se nenhum de nós dois for contratado."

Você liga para ela no dia seguinte, e nas semanas subsequentes vocês fazem programas juntos, vão jantar num restaurante em uma noite, se encontram no parque para uma lenta caminhada em outra. Visitam o principal museu da era colonial da cidade e o zoológico de odores penetrantes, atrações que você visitou pela última vez quando seu filho ainda estava na escola. No zoológico, você fica surpreso de ver como os ingressos são baratos e também com o tamanho do lugar, que lhe parece maior do que você se lembrava, embora esperasse o oposto. A menina bonita fica fascinada com o viveiro de pássaros e você com os hipopótamos, que deslizam delicadamente das beiras gramadas para dentro da piscina de lama do cercado deles. Ela chama a sua atenção para o grande número de jovens rapazes que estão ali, seus sotaques e dialetos muitas vezes originários de distritos remotos. Alegres e admirados, eles chamam os animais, ou se sentam em grupos nos bancos abundantes, tirando proveito das sombras. O zoológico tem placas que listam os alimentos ingeridos diariamente por seus moradores mais ilustres, e de vez em quando se pode ouvir um visitante alfabetizado lendo para os companheiros as prodigiosas quantidades de comida necessárias para sustentar uma ou outra fera.

Na companhia da menina bonita, você abre um pouco mão do isolamento físico que havia imposto a si mesmo, aventurando-se a sair pela cidade um pouco mais, por ter, em função da presença de uma amiga, mais razão para fazer isso do que tinha antes e também por sentir menos medo fazendo parte de um grupo de duas pessoas do que sente sozinho. Sim, a cidade continua a ser intermitentemente muito perigosa, por exemplo, nos botes destruidores que seus veículos dão, ou nos extremos ferozes que atingem suas temperaturas e na resistência dos seus micro-organismos a antibióticos, sem falar no ímpeto dos predadores humanos, de modo que você precisa se manter em estado de alerta, sobretudo na sua idade. Mesmo assim, você saboreia a sua reentrada hesitante e compartilhada, e acha que a cidade pode não ser tão assustadora assim afinal; que, na verdade, quando encarada com o bom humor que o companheirismo pode gerar, áreas significativas dela parecem em grande parte navegáveis, pelo menos por ora, enquanto ainda lhe resta alguma vitalidade.

Às vezes a menina bonita sente um choque quando olha para você, o choque de ser mortal, de ver você como um espelho apoiado numa bengala, da inescapável contemporaneidade de seu corpo frágil e macilento em relação ao dela. Essas sensações tendem a aflorar nos primeiros instantes dos encontros de vocês, quando uma ausência de alguns dias passou como um pano macio sobre a memória visual de curta duração da menina bonita. Mas logo, logo outras informações começam a surgir, provavelmente começando a partir de seus olhos e sua boca, e a imagem que ela tem de você vai se modificando e se transformando em algo diferente, algo atemporal ou, se não completamente atemporal, pelo menos ainda bonito, agradável de se olhar. Ela vê na inclinação de sua cabeça sua consciência do mundo ao redor; nas mãos, sua gentileza blindada; no queixo, seu temperamento. Ela o vê como um menino e como um homem. Vê como você diminui a solidão dela e, o que é ainda mais significativo, ela vê você vendo, o que desperta nela aquele que é o desejo mais estranho que um eu pode ter por um você, o desejo de que você se sinta menos sozinho.

Uma noite, depois de ver um filme num cinema e se espantar com o tamanho da tela, com a qualidade do som e com o preço alto da pipoca, e depois de se espantar também com a briga súbita que eclode entre adolescentes do lado de fora, na qual você é derrubado no chão por engano, quando um membro da multidão recua, e leva uma pancada forte na coxa, mas nenhum osso se quebra, graças a deus, a menina bonita convida você para ir até a casa dela. As inquilinas sorriem quando você entra, claramente entusiasmadas de ver que a senhoria tem um admirador e, depois de trocarem olhares significativos, somem de vista.

"Você quer tomar alguma coisa?", a menina bonita pergunta.

"Eu não deveria", você diz.

"Meia taça de vinho?"

Você faz que sim.

Ela pega uma garrafa aberta da geladeira. "Sente, sente", ela diz, e serve vinho para vocês dois.

Vocês dois tomam um gole de vinho. Um silêncio se instala.

"Vamos para o meu quarto?", ela pergunta.

"Vamos."

Ela o leva pela mão e fecha a porta atrás de você. Não acende a luz.

"Só um instante", ela diz, dirigindo-se ao banheiro anexo ao quarto.

Você está preocupado com o seu equilíbrio no escuro.

"Onde fica a cama?"

"Ah, desculpe." Botando a mão na sua cintura, ela o conduz até lá. "Aqui."

Você se senta. O colchão é firme. Você tateia o espaço ao seu redor e, encontrando uma parede, encosta cuidadosamente a sua bengala nela. Uma luz suave emerge por debaixo da porta do banheiro e sons emanam lá de dentro, tecidos farfalhando, água correndo, o ruído de uma descarga. Você também está precisando ir ao banheiro, mas reprime o impulso. A menina bonita demora algum tempo para aparecer.

Quando volta, ela se senta ao seu lado. Vocês se beijam. Ela está com gosto de enxaguante bucal. Trocou as roupas que estava usando por uma camisola. Pelo tecido fino, sua mão sente as costelas, a barriga, a incrível maciez dos seios dela como se fosse uma segunda pele. Ela ajuda você a se despir. Estimula-o ritmicamente e, por sorte, seu pau endurece, talvez se beneficiando da pressão que a sua bexiga cheia exerce sobre a próstata. Ela pega um frasco da mesinha de cabeceira, aplica um pouco de gel entre as pernas e se deita de lado, encostando as costas no seu peito. Você se atrapalha um pouco, mas consegue entrar nela. Você se movimenta. Ela se masturba. Você a envolve com um braço.

Nenhum dos dois consegue gozar. Você começa a brochar antes que o momento chegue. Mas, devo acrescentar, você consegue, sim, sentir prazer e um certo conforto, e deitado ali depois, temporariamente frustrado e um pouco constrangido, você começa a rir do nada, e ela ri junto com você, e é a risada mais gostosa que tanto você como ela dão faz um bom tempo.

12. Planeje uma estratégia de fuga

Este livro, eu agora preciso reconhecer, pode não ter sido o melhor e mais fantástico dos guias para ficar podre de rico na Ásia emergente. Um pedido de desculpas sem dúvida se faz necessário. Mas, a esta altura dos acontecimentos, simples desculpas de pouco servirão. Muito mais útil, proponho eu, é abordarmos as nossas inevitáveis estratégias de fuga, a sua e a minha, sendo a preparação, neste caso que tem a duração de toda uma vida, a maior parte da batalha.

Todos somos refugiados de nossa infância. E por isso recorremos, entre outras coisas, às histórias. Escrever uma história, ler uma história, é ser um refugiado do estado de refugiados. Escritores e leitores buscam uma solução para o problema de que o tempo passa, de que aqueles que se foram, se foram, e de que aqueles que ainda se vão, o que quer dizer nós todos, se vão. Pois havia um momento em que tudo era possível. E haverá um momento em que nada será possível. Mas entre um momento e outro, nós podemos criar.

Enquanto você cria esta história e eu crio esta história, eu gostaria de lhe perguntar como vão as coisas. Gostaria de lhe perguntar quem era a pessoa que segurava a sua mão quando um cisco entrava no seu olho ou que fugia da chuva junto com você. Gostaria de permanecer um pouco aqui com você ou, se permanecer é impossível, eu gostaria de, com a sua permissão, transcender o meu aqui na sua criação, tão atraente para mim, e tão desconhecida. O fato de eu não poder fazer isso não me impede de imaginar. E como é estranho que, ao imaginar, eu sinta. A capacidade de empatia é uma coisa engraçada.

A título de ilustração, imaginemos um peixe que não consegue arrotar. Podemos vê-lo agora, suspenso no seu aquário de vidro, flutuando sem peso num céu matizado de nuvens. A água é tão transparente que chega a ser praticamente invisível e, se não fosse pelo aquário, o peixe pareceria estar voando no ar, talvez impulsionado pelo adejar de suas pequenas nadadeiras. Ele escapou dos mares, dos lagos, dos viveiros de peixe, e agora boia livre, banhado em sol e calor. E, no entanto, ele está profundamente incomodado. Uma dor o atormenta, uma bolha presa no seu esôfago de peixe. Embora angélico, celestial, mesmo assim ele sofre. Ele padece. E nós não sentimos pena dele? Sim, sentimos. Arrote, caro amigo. Por que você não arrota?

Enquanto isso, logo abaixo desse drama ictiológico aéreo, uma montanha abaixo disso para ser mais exato e, portanto, de volta à Terra, um velho senhor mora num pequeno sobrado com uma velha senhora. Você e a menina bonita juntaram os trapos. Ela perdeu uma inquilina, e você começou a perder ligeiramente a lucidez, não sempre, mas de vez em quando você não sabe muito bem onde está e, por isso, morar num hotel se tornou problemático. Vocês não dividem o mesmo quarto, porque a menina nunca fez isso na vida e é da opinião de que já está um pouco tarde para começar, mas vocês compartilham boa parte dos seus dias, ora alegres, ora mal-humorados, ora em silêncio, ora reconfortando um ao outro, e, quando os dois sentem vontade, vocês compartilham as noites também. Juntaram também suas economias, que vêm sendo corroídas rapidamente pela inflação.

Vocês dois já não se aventuram mais a sair com a mesma frequência, e as únicas outras pessoas que vocês veem com regularidade são a inquilina que sobrou da menina bonita, a atriz, e o faz-tudo da menina bonita, que o ajuda quando você está desorientado e que o faz lembrar de seu pai, muito embora não se pareça com ele fisicamente. Talvez seja porque o faz-tudo é um homem obediente, um empregado doméstico e tenha quase a mesma idade que o seu pai tinha quando morreu.

Sentado numa poltrona reestofada, com um jornal no colo e música alta nos ouvidos, ao ritmo da qual a menina bonita balança a cabeça enquanto fuma, e aproveitando uma tarde fresca de outono, você fica surpreso ao ouvir a campainha tocar e, em seguida, ao ver-se na presença de seu filho. Você tinha esquecido de que ele viria. Você se levanta para saudá-lo e é agarrado num abraço feroz, mas protetor. Ele dá um beijo na bochecha da menina bonita, e ela também sente o tempo oscilar ao ver um reflexo do seu eu mais novo nele, ainda que seja uma versão mais bem vestida de você e com um jeito de andar afetado que nada tem a ver com o seu. Ela oferece um cigarro a ele e, para a satisfação dela, ele aceita. Você sente que ela está se afeiçoando ao menino, o que lhe deixa feliz. Ele cresceu, embora isso deva ser anormal para um homem de trinta anos. Mesmo sentado, ele parece pairar muito acima de você.

É a primeira vez em muitos anos que seu filho volta ao país de origem, agora que ele finalmente conseguiu virar cidadão do país que escolheu e pode viajar à vontade. Então, você procura reprimir uma onda sorrateira de ressentimento por ele ter decidido se ausentar do seu convívio de uma maneira tão dolorosamente drástica. Você sente um amor que sabe que nunca vai ser capaz de expressar nem de explicar para ele de forma adequada, um amor que flui numa só direção, pelas gerações abaixo, e não no sentido oposto, e que só é compreendido e retribuído depois que o tempo transforma uma geração mais nova numa geração mais velha. Ele lhe conta que acabou de se encontrar com sua ex-mulher. Conta também que ela está bem e que o reencontro deles foi choroso e afetuoso; ele concordou em não falar sobre certas coisas e ela, por sua vez, também não perguntou.

Durante um mês, você e a menina bonita se veem pegos num turbilhão de programas, a maioria deles em casa, com seu filho cozinhando para vocês ou trazendo um filme para vocês assistirem. Mas vocês também saem duas vezes para ir a restaurantes escolhidos por ele, lugares chiques com decoração arrojada, onde ele paga a conta com o próprio cartão de crédito. Então, ele vai embora e o seu mundo se encolhe de novo, voltando ao tamanho da casa. Ele deixou algum dinheiro para vocês, o que foi uma sorte. Uma explosão numa casa vizinha, supostamente usada por um serviço de inteligência no passado para prender e interrogar suspeitos, estilhaça as suas janelas, e vocês usam o dinheiro para substituí-las.

A cidade lá fora é um espaço cada vez mais mitológico. Ela invade a casa na forma de quedas de energia e falta de gás, de barulho de trânsito e de partículas transportadas pelo ar que fazem com que você acorde arfando na cama. Pode ser vislumbrada atrás de cortinas e por entre grades de ferro. A televisão e o rádio também trazem notícias dela, em geral assustadoras, mas a verdade é que sempre foi assim.

Com frequência você tem a impressão de estar contemplando com a menina bonita, como que da beira de um penhasco, um vale onde a noite está caindo, um vale árido, seco e contaminado, onde talvez habitem os mais diversos tipos de criaturas mutantes esqueléticas, muitas delas carnívoras. E, como você mesmo já teve a sua parcela de tendências carnívoras, você sabe que carnívoros se alimentam principalmente dos velhos, dos doentes e dos frágeis, termos que têm se colado a você com cada vez mais força, carcomendo o que um dia foi a sua pele firme.

Em outros momentos, porém, observando o rapaz jovem e inteligente que veio consertar a conexão do seu telefone ou conversando com uma moça sagaz e bem informada atrás do balcão de uma farmácia, você sente uma injeção de otimismo e fica admirado com a tenacidade e o potencial das pessoas ao seu redor, principalmente da juventude daquela cidade, nesta que é a era das cidades, ligada pelo aeroporto e pelos cabos de fibra ótica a todas as grandes metrópoles, formando coletivamente, ainda que de modo tênue, um arquipélago urbano com cheiro de mudança que se estende não só por toda a Ásia emergente, mas por todo o planeta.

No entanto, a maior parte do tempo você não pensa na cidade, concentrando-se em vez disso em acontecimentos que estão se dando em seus arredores, em sua sala de estar e na cozinha, ou nos devaneios e fantasmas que distorcem a realidade, transportados por seu cérebro de forma tão potente que parecem ter sido transportados por qualquer tecnologia manufaturada, ainda que com muito menos engenho, ou na menina bonita, com quem você passa horas, alternando observações com discussões ou riso. Juntos, você e ela descobriram uma paixão pelos jogos de cartas.

Vocês estão sentados neste instante, lado a lado, o espaço de sofá entre os dois servindo como mesa de jogo. Ambos seguram as cartas que acabaram de receber próximas ao corpo, escondidas. Um encarquilhado dedo de cinza pende do cigarro dela. Você levanta o cinzeiro para que ela possa bater as cinzas e fica espiando atentamente na esperança de que ela gire o punho e, sem querer, lhe mostre as cartas dela. Mas desta vez, infelizmente, você não deu essa sorte.

"Ladrão", diz ela.

"Vindo de você, isso é um elogio."

Os olhos dela própria acompanham os seus movimentos quando você se abaixa para pousar o cinzeiro no sofá. Você é um blefador talentoso, inescrutável, tão seguro quando está com uma mão ruim como quando está com uma mão magnífica. É o seu ponto forte. O da menina bonita é a imprevisibilidade, o instinto que ela tem de ganhar de lavada ou perder feio, de escapar da probabilidade. O que também é o ponto fraco dela. E, embora ambos tenham pouca memória, o que lhes falta em lembrança vocês dois juntos compensam em lenta e latente intensidade.

"Eu vou aumentar a sua aposta, garotinho", ela diz.

"Ora, ora. Isso diz tudo o que preciso saber."

"Sei." Ela arqueia uma sobrancelha fina.

"Espera só que você vai ver, menina bonita."

Você paga para ver. E vence a rodada. Pura sorte, na verdade.

Você recolhe a pilha do que eram originalmente peças de gamão, macias e frias ao tato, a maior parte delas branca, mas com um par de pretas também, deslizando-as na sua direção. Ela se levanta para pegar um copo de limonada.

"Deve estar doendo", você diz.

Por dentro ela está tinindo de raiva. Mas por fora ela sorri. "O jogo ainda não acabou."

Voltando ao lugar dela e pousando o copo de limonada no braço do sofá, ela o examina enquanto você embaralha as cartas. O seu olhar está em foco, como o de um mecânico desmontando um motor, sem nenhum sinal daquela nebulosidade que às vezes baixa sobre você tão de repente. A menina bonita se inclina para a frente e espera. Você percebe. Vocês se beijam.

Quando vem a morte da menina bonita, tudo acontece com

misericordiosa rapidez, pois, ao ser diagnosticado, o câncer já tinha se espalhado do pâncreas para todo o corpo dela. O médico fica surpreso que ela aparente estar tão bem. Ele lhe dá aproximadamente três meses de vida, mas ela só dura metade disso, recusando-se a parar de fumar até bem perto do fim, quando mesmo respirar se tornou difícil. Como interná-la num hospital não faria diferença, ela passa suas últimas semanas de vida em casa, sob os cuidados de uma enfermeira, do faz-tudo e de seus cuidados, é claro. Você vai em busca dos filmes favoritos dela para que possa vê-los pela última vez. Nunca tendo gostado de passar muito tempo abraçada com ninguém, ela agora se encosta em você e deixa que faça carinho nos cabelos brancos e ralos dela, embora você não saiba se ela faz isso para ser reconfortada ou para reconfortar você.

"Não quero que você fique sozinho", ela lhe diz uma tarde, quando você está tomando chá.

"Eu não vou ficar", você responde. Tenta acrescentar que o faz-tudo e a inquilina dela estão lá e que você pode falar com seu filho pelo telefone, mas não consegue formar as palavras.

Os remédios não aliviam a dor que ela sente, mas tornam a dor menos central, e no centro da menina bonita começa a crescer um desejo de se desligar. Ser tocada a incomoda, quando está se aproximando do fim, e o companheirismo lhe causa uma leve irritação, como se fosse o último fio de carne que prende um dente de leite à gengiva. Um ímpeto quase biológico de partir toma conta dela, um ímpeto de dar à luz, e no fim é só por uma imensa consideração pelo que já houve, por amor, em outras palavras, que ela consegue deixar o trabalho de parto de lado para olhar e sorrir para você ou para apertar a sua mão.

Ela morre numa manhã de ventania, com os olhos abertos. Você consegue enterrá-la num cemitério pertencente à comunidade dela. Talvez ela não tivesse muito em comum com aquelas pessoas, mas você não sabe em que outro lugar ela poderia ser sepultada. Além de um sacerdote, dois coveiros e um bando de carpideiras profissionais em busca de trabalho, que choram e gemem com vigorosa entrega, só três pessoas, incluindo você, comparecem ao enterro.

A atriz que era inquilina da menina bonita continua morando na casa por mais um tempo, porque a menina bonita pediu que ela ficasse, mas, sentindo-se desconfortável numa casa ocupada apenas por homens, e apesar do aluguel barato, ela acaba indo embora. O faz-tudo fica, em parte por lealdade à menina bonita e em parte porque é fácil afanar dinheiro de você. Você não se ressente dele por causa disso. Você faria o mesmo. Você fez o mesmo. É um direito das pessoas pobres. Em vez disso, você se sente grato pela ajuda dele, pelo fato de ele se recusar a tirar de você as últimas posses que lhe restam usando de violência. A pressão da água da casa caiu tanto que encher a sua banheira leva uma eternidade; então, você tem que ser lavado com esponja, sentado nu num banco de plástico dentro do banheiro e soltando de vez em quando um peido prodigioso, e o faz-tudo faz isso para você duas vezes por semana, sem se queixar.

Até o dia em que você acorda numa cama de hospital, ligado a interfaces elétricas, gasosas e líquidas. Sua ex-mulher e seu filho estão lá, mas eles parecem um pouco jovens demais, e você tem um momento de pânico, imaginando que talvez você nunca tenha saído do hospital e que a última meia década de sua vida não tenha passado de uma fantasia, mas depois a menina bonita chega. Ela também está um pouco jovem demais, e talvez tenha acabado de saber do seu ataque cardíaco e saído correndo da casa dela na cidade à beira-mar para ir ver você. Mas isso não importa agora. Ela está ali. E ela vem até você, sem falar nada, e os outros não notam a presença dela. Ela pega a sua mão, e você se prepara para morrer, de olhos abertos, consciente de que aquilo tudo é uma ilusão, um último aroma exalado pelo caldo químico que é o seu cérebro, que logo vai parar de funcionar, e não vai existir mais nada, e você está pronto, pronto para morrer bem, pronto para morrer como um homem, como uma mulher, como um ser humano, pois apesar de tudo você amou, amou seu pai, sua mãe, seu irmão, sua irmã, seu filho e, sim, sua ex-mulher, e amou a menina bonita, e esteve fora de si, e então você tem coragem, tem dignidade, tem calma diante do terror e uma admiração reverente, e a menina bonita segura a sua mão, e a menina bonita está em você, assim como este livro, e eu, que escrevo este livro, e você também está em mim, que pode nem ter nascido ainda, você dentro de mim dentro de você, mas não de um jeito esquisito, e então que você, que eu, que nós, que todos possamos dessa forma enfrentar o fim.

ESTA OBRA FOI COMPOSTA EM ELECTRA PELO ESTÚDIO O.L.M./ FLAVIO PERALTA
E IMPRESSA EM OFSETE PELA PROL EDITORA GRÁFICA SOBRE PAPEL PÓLEN SOFT
DA SUZANO PAPEL E CELULOSE PARA A EDITORA SCHWARCZ EM JULHO DE 2014